幸福2+1
HAPPY FAMILY

准妈妈健身指导

Zhunmama Jianshen Zhidao

本册编著/刘佩佳

中国人口出版社

图书在版编目(CIP)数据

准妈妈健身指导/刘佩佳编著. –北京:中国人口出版社,2004.11

(幸福2+1)

ISBN 7 – 80202 – 080 – 8

Ⅰ. 准… Ⅱ. 刘… Ⅲ. 妊娠期 – 体育锻炼 Ⅳ. R715.3

中国版本图书馆 CIP 数据核字(2004)第 117013 号

准妈妈健身指导

刘佩佳　编著

出版发行	中国人口出版社
印　　刷	北京市通州次渠印刷厂
开　　本	710×1010　1/16
印　　张	10.75
字　　数	89 千字
版　　次	2004 年 12 月第 1 版
印　　次	2004 年 12 月第 1 次印刷
书　　号	ISBN 7 – 80202 – 080 – 8/R · 417
定　　价	16.80 元

社　　长	陶庆军
电子信箱	chinapphouse@163.net
电　　话	(010)83519390
传　　真	(010)83519401
地　　址	北京市宣武区广安门南街 80 号中加大厦
邮　　编	100054

播种现在

赢得未来

彭珮云

二〇〇四年九月

建立一个适合儿童成长的世界
---2002年联合国大会儿童特别会议宣言摘要

我们在此呼吁社会全体成员与我们一起开展一项全球运动，通过捍卫我们对以下原则和目标的承诺来建立一个适合儿童生长的世界：

1. 儿童第一。

2. 消灭贫穷：投资于儿童。

3. 对所有儿童一视同仁。

4. 照顾每一个儿童。

5. 让所有儿童受教育。

6. 保护儿童不受伤害和剥削。

7. 保护儿童免受战争影响。

8. 防治艾滋病毒、艾滋病。

9. 倾听儿童的意见和确保他们参与。

10. 为了儿童保护地球。

联合国秘书长
科菲·A·安南

"幸福2+1"丛书编委会

写在前面……

生命在于运动。但很多妇女担心她们在怀孕期间如果继续保持运动的话，由于身体过热对胎儿会造成不利影响，而研究表明，这种担心是多余的。孕妇在怀孕期间，身体存在一种胎儿热保护机制，这种机制能够迅速调节准妈妈身体的热量，从而使胎儿在生长期间始终处于一种稳定的热环境，准妈妈适量运动不会对胎儿造成任何伤害。当准妈妈因运动造成体温上升时，通往胎盘的血液循环系统就会立即发生变化，这种调整消除了母亲身体过热而对胎儿的影响，从而使胎儿处于一种稳定的内环境当中。

怀孕以后，准妈妈的内脏器官负担加重，活动不便，容易疲劳，出现喜静厌动情况，结果，体质一天天变差。作适当的体育锻炼，能调节神经系统功能，增强内脏功能，帮助消化，促使血液循环，有利于减轻腰酸腿痛，下肢浮肿等压迫性症状。孕妇在户外活动，既能呼吸到新鲜空气，又能受到阳光紫外线照射，促进身体对钙、磷的吸收利用，有助于胎儿骨骼发育，防止孕妇发生骨质软化症。体育锻炼还能增加腹肌的收缩力量，防止腹壁松弛而引起的胎位不正和难产，从而能缩短产程，减少产后出血。更主要的是，孕妇体育锻炼有利于增进母子健康和优生。

这本由专业人士编著的《准妈妈健身指导》对孕妇的健身运动、旅游保健做了精辟指导，欢迎各位准妈妈阅读参考。

"幸福 2+1" 丛书编委会

目录

CONTENTS

[第1章] 🐣 孕妇运动的理由与好处

新时代的女性希望自己能体现每个阶段的韵味，怀孕的准妈妈们也已摆脱了体态臃肿、步履蹒跚的陈旧形象，在阳光下伸展全身，充满活力。

[第2章] 适合准妈妈的运动

准妈妈进行身体锻炼是极为必要的，这不仅可以增强体质，减少疾病的发生，而且可以积蓄力量，有利于顺利分娩。孕期进行身体锻炼，要注意运动量，以轻微的活动为宜。

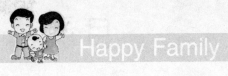
Happy Family

目录
CONTENTS

[第3章] 准妈妈运动保健

妇女怀孕是个生理过程，虽然为了胎儿的生长发育，准妈妈全身都发生了一系列变化，但一般情况下准妈妈都能胜任这个负担，能照常参加工作和适当地进行运动。

[第4章] 准妈妈旅行策略

　　准妈妈在怀孕期间一般不宜作长途旅行,因为容易发生流产、早产、高血压,增加子宫或胎盘的伤害几率。但若是方法得当,还是可以享受旅行的美丽的。

第1章

孕妇运动的

理由与好处

新时代的女性希望自己能体现每个阶段的韵味,怀孕的准妈妈们也已摆脱了体态臃肿、步履蹒跚的陈旧形象,在阳光下伸展全身,充满活力。

✤ 锻炼对胎儿有好处

✤ 准妈妈是否需要减肥

✤ 运动让孕期轻松起来

✤ 孕期不能单靠"养"

✤ 孕妈妈姿势与安全

1. 运动对准妈妈的重要性

　　运动可以减轻怀孕期间所产生的相关不舒适症状,包括背痛、肥胖、便秘和四肢肿胀等。准妈妈的体能和肌肉状态对怀孕期间所额外承受的身体重量也有正面效应。

　　由于身体正在经历一段意义深远的阶段,准妈妈可经由运动使身体达到某种程度的控制。此外,运动可以达到放松并维持怀孕期间对体态的自我形象之要求。

　　准妈妈的运动处方在强度、频率和时间长度等方面都应该下降到一个适当的程度。想以运动做为养生之道的准妈妈,应该把运动的强度维持在中低的程度,尤其是怀孕前属于坐式形态生活群的妇女。

　　对一个刚要开始运动的准妈妈而言,低冲击的项目是最合适的运动。例如,走路、游泳和骑脚踏车。而想要从事抗阻力训练的准妈妈,在运动时对抵抗阻力的方式之选择需要特别的注意,如避免投掷、急拉或是突然的用力等。

　　在怀孕期间,妇女的骨头和结缔组织会变得较松弛 (因为额外激素分泌造成某些关节、肌腱和韧带的松弛),关节就变的较容易受伤。所以在这段期间伸展的目标就会变成以预防肌肉抽筋、酸痛或是舒展下背为主,而不是增加关节的可动范围。

　　任何超过 5 分钟以上的仰卧姿势都可能会对某些准妈妈造成潜在的危险。因为由此所产生的额外重量可能会阻碍到血液回流到心脏的循环。事实上,在整个怀孕期间和产后的 4 个月内都不宜从事仰卧的脊椎着地动作。

运动会同时提高母体和胎儿的中心温度,但是因为胎儿无法自行进行散热而必须完全依靠母体的调节能力。因此准妈妈要避免让自己或是胎儿处在热伤害的环境下。

怀孕期间不可以运动到筋疲力尽的程度,准妈妈一旦感觉到疲劳就应该即刻停止运动。

在开始任何一种运动之前,都应该事先检查是否有任何不宜从事运动的因素存在。

准妈妈应该要注意饮食的内容成分以确保本身和胎儿均有足够的养分,准妈妈是不需要藉由饮食或是运动来达到减轻体重的。

2. 孕期锻炼与健康

准妈妈除了要注意营养和健康之外,还必须坚持每天进行一些适当的运动。

让我们的生活就像我们的面孔一样吧:不要有一丝皱纹,甚至于也不要有欢笑的皱纹,只有这样我们才能够真的成为文明的人。
——高尔斯华绥

准妈妈进行适当的运动，不仅能促进血液循环，提高血液中氧的含量，消除身体的疲劳和不适，保持精神振奋和心情舒畅，而且能促进宫内羊水，刺激胎儿的大脑、感觉器官、平衡器官以及呼吸系统的发育。再者，适当的运动还可以促进母体及胎儿的新陈代谢，既增强了准妈妈的体质，又使胎儿的免疫力有所增强，同时由于准妈妈的肌肉和骨盆关节等受到了锻炼，也为日后顺利分娩创造了条件。

当然，准妈妈毕竟不同于一般人，其特殊的生理特点决定了孕期运动必须要适量适度，不可蛮干。如果准妈妈平时不喜爱运动，妊娠后只要坚持每天做 10 分钟的体操并步行半小时即可，避免过度运动影响胎盘血液供给，对胎儿不利。如果准妈妈原来就一直习惯于从事某项运动，孕期间可以在绝对避免高强度过量运动的前提下继续这些活动。一般情况下，以步行、慢跑、骑自行车等运动方式比较适宜。

准妈妈在孕早期可参加一些不剧烈的活动，如短途自行车、跳交谊舞等等。到了孕中期和孕晚期，则应选择一些节奏缓慢的运动项目，如打太极拳、散步等。散步不仅能提高神经系统和心肺等脏器的功能，而且可以使腿肌、腹壁肌、胸廓肌、心肌加强活动，使血管容量扩大、动脉血增加、血液循环加快，对身体细胞的营养，特别是对心肌的营养有良好作用。

怀孕期间的妇女在参加运动时，除应掌握上述原则外，还应注意选择好运动的地点和时间。如条件许可，尽可能到花草茂盛、绿树成荫的地方，这些地方空气清新、氧气浓度高，尘土和噪声都较少，对母体和胎儿的身心健康大有裨益。另外，在城市中，下午 4~7 点之间空气污染相对严重，准妈妈要注意避开这段时间锻炼和外出，以利于母亲和胎儿的身体健康。

3. 准妈妈宜动还是宜静

动与静,是人体生活中的两大常态,对于健康来说,这两种状态如果把握适当,运用适度,对健康是很有积极作用的,这就是人们常说的"动亦健身,静亦养身"的道理。

对于准妈妈来说,保健也同样适于这一道理,静养身、动健身,对准妈妈都是保持健康的方式,关键是要适当。也就是说,准妈妈的保健应当动静相宜。

现实生活中,有些准妈妈的生活却不是这样。例如,一些准妈妈过分看重休息,她们把休息简单片面地理解为少活动,多安静。其实,这是一种误解。安静自然可以使人少受外界不良因素的刺激和影响,也可以避免一些不慎带来的意外,然而生活中有许多生动有趣的事情,可以让人调节心情,放松情绪,获得轻松和快乐的享受,假如失去了。这对准妈妈来说,是很可惜的。

准妈妈经常让自己过分安静、过分地在单一的环境中生活,心情自然显得沉闷有余,活跃不足,单调之中难免还会滋生出一些不良情绪来,这对准妈妈自身、对胎儿的发育都没有什么好处。

另一方面,过于静止的生活状态,会使准妈妈摄入的营养物质得不到消耗而过多地积蓄在体内,结果容易造成体重增加,出现肥胖,实际上形成了不利于准妈妈健康的身体负担,有的准妈妈因此而呼吸都感到困难,行动也非常不利索。甚至,孕育中的胎儿也可能因营养过剩而发育过大,结果为准妈妈分娩增加负担,其实,这样的结果是不好的。

> 相反,有的准妈妈怀孕之后除了注意生活中的保健和营养之外,更重视合理、可行、力所能及的体力活动乃至体育锻炼,这是非常明智的,其好处,可以说是"一举多得"。经验证明,准妈妈根据孕期的实际,主要是身体的耐受能力,选择合适的锻炼方式,参加有益于身心健康的各项活动,会带来多方面的好处。

比如,做一些力所能及的家务劳动,可以充实生活内容,保持心理上的平衡,使准妈妈更感到生活的生动和多趣;参加能够胜任的体育锻炼和体育活动,既增加与他人活动的机会,也丰富了准妈妈的生活乐趣,还从中获得心情调节,可以说是心身两相宜;适当的体育锻炼和体力消耗,不仅不会对胎儿带来不良影响,相反,会促进机体的代谢和循环,增强机体对疾病的抵抗能力,使准妈妈少受疾病的感染,这不仅有利于胎儿的健康发育,也减少了生病带来的诸多麻烦;同时,体力消耗之后必然会增加饮食,使营养的摄取更加多样,进而保证了营养素的全面均衡,这样对胎儿的发育大有好处。

因此,怀孕期间应该科学而又合理地让自己动静相宜,这对准妈妈优生优育都是非常有益的。

4. 准妈妈需要运动的理由

平时喜欢体育锻炼的妇女们,在孕早、中期,身体尚灵活的时候,可以根据自己的身体素质和爱好,适当地参加一些体育活动。如打太极拳、散步、简单的体操等。孕期适当的体育活动能促进机体新陈代谢与血液循环,能增强心、肺功能,有助于消化,能增进全身肌肉力量。

(1) 适当的、合理的运动能促进准妈妈消化、吸收功能,可以给肚子里的宝宝提供充足的营养,到时候会有充足的体力顺利分娩,分娩后也能迅速恢复身材。

(2) 怀孕期间进行适当的运动,可以促进血液循环,提高血液中氧的含量,消除身体的疲劳和不适,保持精神振奋和心情舒畅。

(3) 孕期运动能刺激胎儿的大脑、感觉器官、平衡器官以及胎儿和呼吸系统的发育。

(4) 适当运动可以促进母体及胎儿的新陈代谢,既增强了准妈妈的体质,又使胎儿的免疫力有所增强。

(5) 准妈妈坚持室外活动,经常呼吸新鲜空气,并获得充分阳光,有利于准妈妈身体对钙和磷的吸收、利用,既为供应胎儿骨骼发育需要做好准备,也可防止准妈妈本身骨骼软化症的发生。

(6) 运动时由于准妈妈肌肉和骨盆关节等受到了锻炼,也为日后顺利分娩创造了条件,关键问题是,准妈妈的运动如何才算是合理的、合适的,这就需要我们从运动的时期、运动的时间、运动的方式以及运动时注意的问题等几个方面加以分析。

运动的目的并不只是为了抑制体重增加,而且是为了增加幸福感。怀孕期间做运动的女性更能心情畅快地对待怀孕中引起的身体变化。运动的目的不是增加身体的健康程度或得到个人的最高的东西,而是为了维持健康和维持幸福感。怀孕中分泌使身体松弛的激素,放松身体的各个部分使它合乎分娩。所以最好不要做强烈的运动。怀孕中选择合适的不危险的运动很重要。准妈妈不能运动量过大,尤其不能参加球类活动及跑、跳运动,以免造成流产、早产。

5. 妊娠锻炼好处多

当你即将成为宝宝的妈妈时,激动之余你一定想知道自己应当如何健康安全地度过"十月怀胎"。专家们认为,大部分准妈妈在整个孕期间坚持锻炼会获益匪浅。同时,孕期的锻炼与常规的锻炼无论在量还是在方法上都是有所不同的。

(1) 锻炼的感觉很好。当怀上宝宝后,你经常会感到自己似乎有些不能驾驭这个日益增大的身躯。在这种情况下,锻炼不但可以增强你对自己身体的控制感,而且还可以使你感到精力充沛。

适当的锻炼可以帮助你减轻背疼,并通过强化背部、臀部和大腿的肌肉来改善你的姿态。锻炼还可以加强肠蠕动,从而减少便秘的发生。

在孕期间,由于体内激素发生变化,准妈妈的关节通常都会出现松弛的现象,因此关节容易感到疲劳和发紧。锻炼可以促进滑膜液进入关节,使你感到四肢伸展自如。锻炼还可以促使大脑分泌更多的内啡肽,从而使你拥有良好的感觉。

通过锻炼,皮肤内的血液流量会增加,从而使你看上去精神焕发。如果你在孕期间睡眠出现了问题,那锻炼是一个再好不过的调节办法,因为它可以帮助你消除紧张和不安的心情。

(2) 促进身体健康。妇女在怀孕后,

其身体会产生较大变化:负担加重,易于疲劳,浑身酸痛,活动不便,心情常常会变坏等等。

而适当的锻炼有助于减轻腰酸腿痛、下肢浮肿等症状,给准妈妈减小负担;增加身体抵抗力,减少疾病的发生;促进血液循环,使你看上去容光焕发;帮助消化,促进睡眠,调节神经系统,使你感觉良好。运动不仅能使身体得到锻炼和优化,而且能够调节心理状态,使心情更加舒畅。

(3) 有助于优生优育。运动能让胎儿的脑活性化。妊娠中的运动,能提高你的肺活量,向身体和胎儿提供充足的氧气。通常,胎儿是通过脐带来摄取氧气或营养,如果母亲能充分地摄取氧气,胎儿的脑即会因为充足的氧气而变得活性化。

运动有利于生出聪明的孩子,这并不是夸张的说法。脉搏一分钟跳动 120 次时,是摄取氧气最好的时机,当脉搏超过 150 次时,反而会呈现氧气不足的状态。剧烈运动后,呼吸急促,连话都说不出来,这是因为想取回运动中不足的氧气部分。充分摄取氧气是运动的目的之一,一旦运动过于剧烈,造成摄取氧气不足,即会造成不良效果。

(4) 为安全顺利分娩做好准备。运动可改善全身的肌肉血液循环,增加肌肉组织的营养,加强肌肉力量。增强的腹肌能防止因腹壁松弛造成的胎位不正和难产,防止流产;有力量的腹肌、腰背肌和骨盆肌有利于自然分娩,缩短产程,减少产后出血。

运动还能增强骨骼力量,使骨骼的力量更为坚实,防止母子出现骨质软化等症状。

(5) 有助于产后恢复。一般来说,在孕期间坚持锻炼能够使你减少脂肪的积累,从而有利于产后体形比较快地恢复到原来的状态。但是准妈妈切记不要试图通过孕期间的锻炼达到减肥的目的。

对准妈妈来说,孕期间的锻炼主要是为了让自己能够健康安全度过孕期和保持最后分娩所需要的体力和精神状态。

(6) 什么样的锻炼安全? 如果你在怀孕前就经常保持锻炼,那只需对你原来的锻炼强度稍加调整即可。如果你怀孕前一般不怎么锻炼,那么妊娠锻炼时就要遵循循序渐进的原则,刚开始时的量和幅度都不要大,然后随着自己体力的增强适当加量。准妈妈把握自己锻炼量的一个关键是注意自己身体所发出的信号。

例如,许多准妈妈在孕早期常常感到头晕,而且随着胎儿越来越大,她们身体的重心也发生了一些变化。在这种时候,准妈妈容易摔倒,在怀孕的最后 3 个月,这种情况尤其容易发生。此外,准妈妈的体力情况每日也有所不同。胎儿长大后会对肺部产生一定的压迫,所以准妈妈的呼吸能力有所下降。在这个时候,锻炼时一定要注意适量,不要搞得自己气喘吁吁。一旦身体出现一些不适的信号时,如疲劳、目眩、心脏悸动、气短或背疼时,你都应该停止锻炼。

一般来说,锻炼的强度不要达到自己呼吸感到急促不能说话的程度。锻炼时,心跳也不要超过每分钟 140 次。锻炼时,还应注意不要让自己感到过热。当准妈妈体内温度达到 39℃时, 胎儿的发育会受到影响,特别是在妊娠头 3 个月。温度过高的环境有可能导致胎儿出现问题。

因此,在盛夏要减少锻炼的量,同时避免在早上 10 点到下午 3 点这段时间里锻炼。有条件的,可以在有空调的地方进行锻炼。患有妊娠高血压、宫缩提前发生、子宫内出血和羊膜发生早破的准妈妈在孕期间不宜加强锻炼。

(7) 有哪些锻炼方式可供选择? 准妈妈锻炼通常可以选择一些自己喜爱的方式,如跳舞、游泳、做操、练瑜伽、骑自行车和散步。一般来说,准妈妈进行的锻炼应针对增强心脏能力、体力和灵活性这些方面,同时要避免跳跃。

许多专家认为,步行是一种很好的锻炼方式,不但要在平地步行,还可以选择一些有一定坡度但不滑的地方步行,当条件允许时,可以增大步行的距离。开始时可以走上1000米,1周3次。然后每周逐渐增加一点,步行的速度也可以加快些。在步行前,一定要先做上5分钟的慢步热身,步行结束前5分钟则应放慢速度。

我的希望是想确定因为我生活在这个世界上,才使这个世界变得好了一些。

——林 肯

6. 锻炼对胎儿有好处

每次锻炼,都有充足的氧进入胎儿血液,促使胎儿新陈代谢旺盛,加速胎儿的组织(特别是大脑)功能的形成。

(1) 锻炼时释放的激素通过胎盘进入胎儿体内,因此,在锻炼开始时,胎儿受肾上腺素影响,情绪活跃。

(2) 在锻炼时,胎儿也会受到内啡肽的影响,内啡肽是人体的天然吗啡类物质,可以使人们自我感觉良好,非常欣慰。

(3) 锻炼后,内啡肽有较长久的镇痛效果,它能持续8个小时,胎儿同样会在这段时间内受到影响。

(4) 锻炼对胎儿是极大的安抚,在摇动中使他感到舒服。

(5) 在锻炼时,你的腹肌起一种按摩胎儿的作用,使他感到舒服和安慰。

(6) 在锻炼时,血液循环改善,促进胎儿生长和发育。

7. 锻炼对准妈妈有好处

生命在于运动,孕期运动对准妈妈也有好处。

(1) 释放内啡肽之类的激素,使情绪受到鼓舞。

(2) 助你放松,释放出有镇定作用的激素,使你感到心情舒畅。

(3) 学会如何控制自己身体的新方法,增进你的自我意识。

(4) 可以减少背痛、腿部痉挛、便秘和气紧。

(5) 增加活力。

(6) 为分娩作更充分的准备。

(7) 分娩后会更快地恢复体型。

(8) 体育运动可增强人的心脏功能,这对准妈妈是非常有利的。女性在怀孕后产生一系列生理变化,增加了心脏负担,如果准妈妈心脏功能较强,就能保证供给胎儿充足氧气,有利胎儿发育,减缓怀孕期间出现的腰痛、脚痛、下肢浮肿、心跳气短、呼吸困难等症状。

(9) 体育运动可增强肌肉力量。在进行体育运动时,能使全身的肌肉血液循环得到改善,肌肉组织的营养增加,使肌肉储备较大的力量。增强的腹肌,能防止因腹壁松弛造成的胎位不正和难产。有力量的腹肌、腰背肌和骨盆肌还有利于自然分娩。

(10) 体育运动可使骨骼的力量更为坚实。骨骼坚实可防止准妈妈出现牙齿松动,骨质软化等症状。

(11) 体育运动可增强神经系统功能使人体各个器官系统更能有效地协调工作。这能帮助母体的各个系统在怀孕期间发生一系列适应性变化。

(12) 体育运动可增加抵抗力,减少疾病的发生。

由于准妈妈所处工作情况不同，还需注意适当自我调节。体力劳动者应注意一种工作姿势的时间不要太长，脑力劳动者坐的时间多，要在工作 2~3 小时后活动一下，这样，不仅对胎儿有好处，也能提高准妈妈的工作效率。

如果不参加体育运动，或活动量太小，对母婴的健康都是不利的。活动太少会使胃肠的蠕动减少，从而引起食欲不振，消化不良、便秘等，对胎儿的发育不利，甚至可造成难产。因此，建议准妈妈适当参加运动，避免一味休息。

8. 运动专家给准妈妈的建议

只要从体育活动对人体的影响来看，问题就可以很快地解决了。经常参加体育锻炼的人，不但肌肉健壮、动作灵巧、力气大而不容易疲劳、精神充沛，甚至，对疾病的抵抗力也大大增强。

> 相反地，不运动的人却多半是肌肉消瘦、动作迟缓、力量不足、容易疲劳，当然，对疾病的抵抗力也必然很差。换句话说，体育活动不仅促进全身血脉畅通、新陈代谢活跃，并能保持肢体和内脏器官的正常形态、促使它们发育得更好。

由此可见，当前大力提倡处处开展体育活动的措施，在医学卫生方面来说是极有重要的意义。

过去，准妈妈是不重视体育活动的，还认为体育活动是年轻人、健康人的事情，而对准妈妈来说，非但不能活动，并且还要多多休息；其实，这种看法是非常片面的。

在讲孕期卫生的时候，常常强调准妈妈每天至少要有 8 小时的睡眠，如果条件许可，最好能在午餐后休息 1~2 小时。然而，休息是休息，活动是活动，要多

热爱实践而又不讲求科学的人，就好像一个水手进了一只没有舵或罗盘的船，他从来不肯定他往哪里走。
——达·芬奇

注意休息并不能忘记适当活动的必要性。活动与休息两者之间不但不矛盾,并且可以很好地相互配合。该活动的时候活动,该休息的时候休息。适当的活动在任何时候都是有益的。

分娩后医护人员会教导产妇做产后体操运动,即使你是手术产,腹部或会阴部有缝线的,他们仍然鼓励你们坚持做床上运动。这是为什么呢? 这是因为在分娩后进行适当的体育活动,可以使产妇的腹部和全身更快地恢复妊娠前的情况、防止腹壁松弛、内脏下垂、腰酸背痛以及子宫后倾、后曲等位置不正常的情况。日常工作和家务操劳虽然也是一种活动的方式,但是,在孕期间的妇女,仍然需要额外的体育活动。

如果,准妈妈能坚持适当的体育活动,尤其是保健操的话,不但可以加强体力、增进食欲、减轻下肢浮肿,因而可能减少并发症的发生。并且,加强了腹部肌肉,可以使未来的分娩更加顺利而产后身体的复原也可提早。所以,准妈妈是应当进行体育活动的。

选择最适合自己的运动。在怀孕第 4~7 个月之间是准妈妈最适合运动的时期,以怀孕的前期、中期、后期而言,一般说来,运动只能做到孕 7 月前,而且运动的时间要越来越短,动作要越来越轻柔。运动地点要保持安静、清洁、舒适,想休息就休息,而且要随时补充水分。

如果你的感觉不太好的话,在怀孕的早期即前 3 个月最好不要多做运动,因为这时胚胎在子宫里还没有牢固地"扎下营盘",运动失当很可能会导致流产。

在怀孕的后期,即 7 个月以后也不适宜做运动,因为这时胎儿已经长得很大了,运动有可能导致早产等问题。因此,准妈妈适宜的运动时间段,一般应该开始于怀孕第 4 个月,结束于怀孕的第 7 个月。在这个阶段,运动的方式基本是一样的,只是活动量幅度应该逐渐减小,毕竟肚子越来越大,很多动作做起来越来越不方便了。

9. 孕妇运动的特别提醒

在进行运动期间，如果你发现自己的阴道流出了水样物，或是发生出血，同时小肚子也痛起来了，请注意：这些都属于流产的征兆，应立即停止运动，马上去医院让医师检查。

(1) 在进行孕期运动的时候，你还要注意衣服样式要宽松，穿合脚的平底鞋。

(2) 注意保暖，以免着凉。运动后宜采用沐浴冲澡的方式，不要用盆浴浸泡。洗头发的时候，如果自己不方便，可以请人帮助清洗，但要采用头往前倾的姿势来冲洗头部。

(3) 即便在怀孕的 4~7 月份，也并非所有的准妈妈都适合做运动。如果你有心脏病，或是肾脏泌尿系统的疾病，或是曾经有过流产史，自然是不适于做孕期运动的。患有妊娠高血压者，由于血压不稳定，也不适于运动。

(4) 如果医师诊断你怀了个双胞胎，虽然很高兴，但是在高兴之余，还要小心为妙，不要随意运动！假如医师告诉你是前置胎盘，阴道出现了不规则出血、提前出现宫缩等现象，是绝不能有运动的念头的，此时此刻必须静养，来不得半点含糊。

许多人担心活动会导致早产，但是美国医学专家利用连续记录运动中准妈妈子宫收缩和胎儿心跳数据的装置，发现准妈妈在运动时心跳显著加快，而胎儿的心率却不上升，从而说明准妈妈的适当适量运动对胎儿没有不良影响。美国专家的研究还得出这样的结论：适当孕期运动不仅对早产无影响，而且在孕早期和中期适当运动，还可能降低早产危险！那么，为什么运动会降低早产呢？其原因尚不清楚，可能与自我选择感觉良好有关，但该结论尚有待进一步研究证实。

有不舒服的情况，在早期须加以注意。每天做保健操很有用处，但是孕期的运动不一定拘泥于做保健操，很多日常活动都可以作为孕期运动的方式。

如果你平时不喜爱运动，怀孕时坚持每天做 10 分钟的体操并步行半小时即可。对于你来说过度的运动影响胎盘血液供给，对胎儿不利。

有的准妈妈原来就一直习惯于从事某项运动，孕期间可以在绝对避免高强度过量运动的前提下继续这些活动。

一般情况下，以步行、慢跑、骑自行车等运动方式比较适宜。孕早期，如果你愿意运动的话，也没有其他禁忌，可参加一些不剧烈的活动，如短途自行车等等。

> 到孕中期，你则可以选择一些节奏缓慢的运动项目，如打太极拳、散步等。散步这项活动很好，方便适宜，不仅能提高神经系统和心肺等脏器的功能，而且可以使腿肌、腹壁肌、胸廓肌、心肌加强活动。

运动的环境和时间也很重要，孕期运动应注意选择好运动的地点和时间。如条件许可，尽可能到花草茂盛、绿树成荫的地方，这些地方空气清新、氧气浓度高，尘土和噪声都较少，对母体和胎儿的身心健康大有裨益。

10. 准妈妈适当运动有助分娩

大量的事实证明，准妈妈进行体育锻炼不仅有利于自身的身体健康，而且

有利于胎儿的生长发育。胎儿的正常发育需要适当的运动刺激。运动能促进准妈妈的血液循环，增加氧的吸入量，因此提高血氧含量，加速羊水的循环，从而刺激胎儿大脑、感觉器官以及循环和呼吸功能的发育。

适度的运动能解除准妈妈的疲劳、改善睡眠、缓解紧张的情绪、减轻下肢水肿、静脉曲张、便秘等症状，并能有效地调节神经系统的平衡，保持精神振奋、心情舒畅。因此，腹中的胎儿也会处于最佳的心理状态。

适当的运动能避免准妈妈过于肥胖。准妈妈过于肥胖影响胎儿的正常发育，也会给分娩带来诸多不便。而适当的体育锻炼可促进母体及胎儿的新陈代谢，增强胎儿的免疫功能。

美国西雅图研究人员调查了201名患有妊娠高血压综合征和383名正常血压的女性，主要是询问她们在怀孕头5个月内运动的类型、强度、频度和持续时间等问题，以及步行和爬楼梯等情况。

调查结果显示，那些自称经常进行体育锻炼的女性患妊娠高血压综合征的可能性比少锻炼者低35%，那些有轻到中度活动者比不活动者患病危险小24%。进行散步、跑步、游泳和有氧运动的女性患先兆子痫的危险减少得最多，常骑脚踏车者减少得也很明显。

另外，自称步行速度每小时不少于4830米的女性，不管走了多长距离，与根本不走路者相比，患先兆子痫的危险少33%~41%，并且随着每天爬楼量的增多患妊娠高血压综合征的危险也减少了。自己每天爬楼1~4层的女性这一危险减少47%，爬10层以上者则减少了57%。除此之外，研究人员还发现，报告自己在怀孕前一年里还进行运动的女性，患先兆子痫的危险也下降了。

爱情之中高尚的成分不亚于温柔的成分，使人向上的力量不亚于使人萎靡的力量，有时还能激发别的美德。
——伏尔泰

　　研究人员说,应该鼓励女性进行体育锻炼,除非有其他明显限制活动的指征。对于健康的准妈妈,当前的推荐标准是母亲的心率应控制在 140 次/分以下,在孕晚期应避免高冲击性的活动。

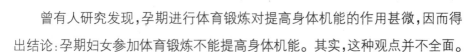

11. 准妈妈参加体育锻炼的新观点

　　曾有人研究发现,孕期进行体育锻炼对提高身体机能的作用甚微,因而得出结论:孕期妇女参加体育锻炼不能提高身体机能。其实,这种观点并不全面。

　　近来的研究证明,只要体育锻炼的方法得当,准妈妈不仅可以提高身体机能水平,还可以减少分娩时的痛苦。

　　科学家利用 5 年的时间,长期、大量观察准妈妈们进行慢跑、骑自行车等运动,运动强度为本人有氧能力的 60%~70%,平均每周锻炼 3 次,每次 30 分钟。结果发现,她们的有氧代谢能力有所提高,而且心理状态稳定、不舒适感觉少。特别是她们在分娩时的心跳频率较低,血压相对稳定,分娩较未参加体育锻炼的妇女顺利。这种良好的机能状态可一直保持到分娩后的 6 周。

　　有趣的是准妈妈参加体育锻炼时, 胎儿也随着"运动"。胎儿的心率每分钟可增加 10~15 次。据分析这是胎儿对运动的适应性反应,不仅对胎儿和母亲没有任何危险,而且可以增进胎儿的健康,使他们出生时的体重超过一般新生儿。

　　但并不是所有的准妈

妈都可以参加各种体育活动。如准妈妈中的高血压和糖尿病患者能否参加体育锻炼尚在探讨之中。即使是健康准妈妈参加锻炼也应特别慎重，尤其应禁止从事跳跃、旋转和突然转动等幅度大的运动。在天气炎热和湿度较大的情况下，不宜参加较为剧烈的活动，以防体温过分升高，失水过多。还要注意运动时的心率不能超过安静时的 1.7 倍，以免心脏负担过重。

新观点认为，只要严格控制条件，在怀孕期参加适当体育运动，必定会提高胎儿和母亲的健康水平。

12. 怀孕后还能不能继续做运动

> 运动对准妈妈产生的新陈代谢变化、血液变化等等可以保护胎儿，同时更可以预防准妈妈体能的消退，避免疲劳。运动的效果也能维持肌肉的力量，促使分娩更为顺利，另外，由于皮下脂肪较少，妊娠纹出现的机会也较少，对爱美的你来说，真可以说是一举数得。

在进行运动之前，你必须有几个重要的认知，那就是你的基本健康状况、对于所从事运动的专精程度、运动的种类、运动时的环境以及运动的时间长短等等，都要加以考虑。

由于怀孕的影响，韧带变得松弛，腰椎前凸，体重也增加了，这些都会使某些运动变得困难而且危险，例如一些必须承受体重或是跳跃的活动。

事实上，不适当的运动也会造成准妈妈的血糖过低、慢性疲劳等等，而身体上的反应其实也就是在警告你，运动的量或是形式必须要调整了。对于胎儿而言，不当运动的潜在危险包括了体温过热，缺氧，生长迟缓，以及引起子宫收缩而早产,另外,因运动而导致的压力改变也会对胎儿有影响,所以像跳伞或是高空弹跳是绝对不可从事的。

也有学者研究,在孕早期时,母体的体温过热对胎儿的影响较大,但是,准妈妈的生理变化,也有一套方法去调适,例如提升体表温度、降低血管阻力、40%的母体血量增加等等,都可以将热量散去,而且适当的运动会加强准妈妈的这些保护机能,进而保护胎儿。

> 对于准妈妈是否要持续运动,大家最关心的莫过于运动是否会影响小孩的成长,或是引发早产;研究人员追踪了 52 个在怀孕时有持续运动的准妈妈所生的小孩,发现他们在出生时的体重较轻,但脂肪的比例也较少,同时,在 1 岁后的发育及成长,都与正常的小孩无异。他们的另一项研究甚至显示持续运动准妈妈的小孩,在 5 岁后的智力表现及手眼协调性上都比较好。

在 1997 年,有人更曾经针对 42 个怀孕 20 周以下的准妈妈进行研究,这些人都是国家级或是国际级的选手,他把他们分成中度及高度运动量的组别,结果发现这两组的胎儿,不论是产程、出生的体重,或是出生婴儿的健康指数均无差别。

至于早产的可能性则仍存在着许多争议,但是运动会引起子宫收缩增加则是无庸置疑的,一个健康的准妈妈是可以从事正常的运动的,但是如果有早产现象等等,就要尽量避免了。

那么到底那些运动是适合准妈妈们参与的呢?其实这是因人而异的,要把握的原则是,这种运动你已经很熟练了,在运动中也没有不适的感觉,而且不要因为运动而导致脱水、力尽气竭,也不要去尝试你在怀孕前没有接触过的运动。

即使你要进行较为激烈的有氧运动通常也是可以的 (也就是持续性的,用到大部分的肌肉,而且是韵律性的运动,如快走、韵律舞、跑步、跳绳、游泳等等),但是有高血压、多胞胎、心脏病、产前出血、或是早产现象的人则要避免。至于一般爬爬楼梯、做做家事，多半是属于非有氧运动，是比较没有影响的，但是有上述病情的人仍要小心。

游泳等不需支撑体重的运动要比跳跃类的运动好，在高纬度从事的运动、或是跳水、滑水等都应该避免。

美国国家医学会的几点建议或许值得你参考，一是利用心跳率来决定运动强度，一般而言以不超过每分钟140次为原则，并且避免在炎热和闷热的天气状况下做运动。二是每一次运动的时间不应超过15分钟，且在运动前、运动中及运动后要尽量补充水分，以免导致体温过高的现象。三是要避免跳跃性、震荡性以及瞬间改变方向的运动。最后要注意的是避免做身体仰卧的运动。相信只要你掌握了这些原则，你也可以是一个有充分活力的准妈妈，而且再也不怕分娩完后变成大胖子了！

13. 准妈妈能参加体育锻炼吗

怀孕以后，妇女在生理上会发生很大的变化。内脏器官负担加重，活动不便，容易疲劳，出现喜静厌动情况，结果，体质一天天变差。做适当的体育锻炼，能调节神经系统功能，增强内脏功能，帮助消化，促使血液循环，有利于减轻腰酸腿痛、下肢浮肿等压迫性症状。

准妈妈在户外活动，既能呼吸到新鲜空气，又能受到阳光紫外线照射，促进身体对钙磷的吸收利用，有助于胎儿骨骼发育，防止准妈妈发生骨质软化症。体育锻炼还能增加腹肌的收缩力量，防止腹壁松弛而引起的胎位不正和难产，从而能缩短产程，减少产后出血。更主要的是准妈妈体育锻炼有利于增进母子健康和优生。

准妈妈进行体育锻炼,虽然有利于母婴的健康和下一代的优生,但是,在进行锻炼的项目和强度上,还必须考虑"腹内有婴"这一特殊性。如果还是像未怀孕时那样进行剧烈的大运动量的锻炼,这对准妈妈来说也是不适宜的。

孕早期时,即怀孕 1~3 个月之间,胚胎在子宫内扎根不牢,此时锻炼要防止流产;孕晚期时,即怀孕 8 个月以后,需防止早产。所以,在怀孕的早、晚两个时期中,不能做跳跃、旋转和突然转动等激烈的大运动量锻炼,可以散步、打太极拳、做广播操等(但跳跃运动不能做)。

怀孕 4~7 个月时,可以打乒乓球、托排球,进行散步、慢跑、跳交谊舞(跳慢步,不宜跳快节奏的迪斯科舞和霹雳舞)。锻炼时间,每次不宜超过半小时。锻炼的运动量,以活动时心跳每分钟不超过 130 次,运动后 10 分钟内能恢复到锻炼前的心率为限。

准妈妈不但能锻炼,而且应该锻炼,这样,才有利于母婴健康和优生。不过,有习惯性流产史的准妈妈,不属应锻炼之列。

14. 准妈妈是否需要减肥

孕期间母体体重会不断增加,但体重增加有一定的范围。妊娠头 3 个月准妈妈的体重增长较慢,孕中期(怀孕 4~7 个月)准妈妈的体重迅速增加,母体开始贮存脂肪及部分蛋白质,胎儿、胎盘、羊水、子宫、乳房及血容量都迅速增长,此期准妈妈的体重约增加 4~5 千克。孕晚期(孕 8~10 个月)体重约增加 5 千克。整

个孕期约增加体重 12 千克。孕 13 周后，每周体重约增加 350 克，最多不应超过 500 克。

有些准妈妈，一旦怀孕就顺其所能，拼命加餐，结果导致体重大增。其实，这样对准妈妈和胎儿并无益处。

首先，肥胖的妇女由于体内脂肪蓄积，导致脂肪组织弹性减弱，分娩时容易导致滞产或分娩时宫缩无力，发生大出血；在整个孕期间容易发生产科合并症，如妊娠高血压综合征、胎膜早破及合并糖尿病等。

其次，肥胖妇女的胎儿也身受其害。一是容易出现巨大儿(体重大于 4000 克)，分娩时产程延长，容易影响胎儿心跳，发生窒息，同时出生后，由于胎儿时期脂肪细胞大量增殖，可引起终生肥胖。

三是围产儿死亡率增高。有统计资料表明，孕期间准妈妈体重增加超过 13 千克时，围产儿的死亡率比普通准妈妈高 2~5 倍。

因此，肥胖的妇女在孕期间不能无限制地增加营养，应适当限制一下总热量的摄入，以低热量、高营养价值的食品为主，以免发胖，也不应盲目节食和服用减肥药，使体重骤减。

一日的热量应限制在 5021~6276 千焦，超肥胖者应限制在 3766 千焦以下，蛋白质为 70~80 克，限制脂肪和糖的摄入，多食蔬菜和水果，以植物油为主，盐的摄入应在 7 克以下，努力将体重控制在比孕前增加 7~9 千克的范围之内。坚持不吃零食，主食减半，经常测体重，使体重维持在正常范围，这样才能安全度过整个孕期，生育一个健康聪明的宝宝，成为一个幸福快乐的妈妈。

眼睛如果还没有变得像太阳，它就看不见太阳；心灵也是如此，本身如果不美也就看不见美。

——普洛丁

15. 运动让孕期轻松起来

孕前与孕期的锻炼运动是重要的。这是因为,在怀孕前,它可以使你的身体在更健康的状况下怀上宝宝;在怀孕期间,它能增强你的柔韧性和力量,帮助你应付身体承受的额外负担,使身体逐渐适应妊娠和分娩的需要,消耗多余的热量,不至于因为怀孕使体重增加过多。孕期保持良好状态,会使分娩更容易,更轻松,产后也可在短期内恢复正常体型。下面推荐几种适于孕期的活动:

散步这是一项非常适合准妈妈的运动。即使在怀孕前你是一个不爱运动的人,这时也要经常散步。散步可以帮助消化,促进血液循环。在孕晚期,散步可以帮助胎儿下降入盆,松弛骨盆韧带,为分娩做准备。在产程中散步,可促使胎头由枕后位或枕横位旋转成枕前位,使分娩更顺利,加快产程进展。

穿一双舒服的平底鞋,和丈夫一起散步,心情尽可能愉快、放松。

游泳这项锻炼也不错,特别适合原来就爱游泳的女性。由于体重能被水的浮力支撑起来,不易扭伤肌肉和关节。可以很好地锻炼、协调全身大部分肌肉,增进你的耐力。

在国外,游泳是准妈妈们普遍参加的一项运动,可持续到孕晚期。不过,最好在温水中进行,水太冷容易使肌肉发生痉挛。另外,值得注意的是,胎膜破裂后,应停止此项运动。

准妈妈体操是专门为准妈妈设计的,可进行有目的、有计划的锻炼,有利于分娩和产后的恢复。

还有其他一些运动,如一般的跳舞,只要不感到吃力,你都可以根据自己的情况进行。

如果你一直喜欢运动,孕期仍然可以经常进行,不过毕竟你肚子里多了个宝宝,所以一定要注意有所限制:

(1) 孕期不是剧烈运动的时候。不要拿出比赛的劲头,那样会让你紧张,要慢慢地来。

(2) 运动要有限制。大可不必像以往那样运动到大汗淋漓,不要让运动变成又一项令你疲惫的事。

(3) 有些运动要避免,如跳跃、负重运动、滑雪、骑马、滑冰等。

一般来说,怀孕是正常的生理过程,健康的准妈妈可根据情况选择一种让自己既愉快又轻松的活动。可是,有些准妈妈不适宜做运动,如先兆早产、阴道出血以及在某些情况下,医师建议不要运动时,一定要听从医师的话。

总之,怀孕期间保持身体和精神健康,对你和胎儿都非常重要。适当和适宜的运动会有助于身心健康,让你的孕期过得愉快而轻松,并为顺利分娩做好准备。

爱心提示

① 开始锻炼时,运动量要小,逐渐增加到你认为最适合的量。

② 怀孕的最后两个月,胎儿生长迅速,运动量应适当减少,可做些放松肌肉的运动。

③ 如果感到疼痛、抽搐或气短,应停止锻炼。恢复锻炼时,要慢慢来。

④ 运动的时间以每天一次,每次半小时为宜。

语言作为工具,对于我们之重要,正如骏马对骑士的重要。最好的语言适合于最好的思想。最好的骏马适合于最好的骑士。

——但丁

16. 孕妇运动不会伤害胎儿

准妈妈在怀孕期间,身体存在一种胎儿热保护机制,这种机制能够迅速调节怀孕母亲身体的热量,从而使胎儿在生长期间始终处于一种稳定的热环境,怀孕母亲适量运动不会对胎儿造成任何伤害。

长期以来,很多妇女担心她们在怀孕期间如果继续保持运动的话,由于身体过热对胎儿会造成不利影响,而这种担心是多余的。

当准妈妈因运动造成体温上升时,通往胎盘的血液循环系统就会立即发生变化,这种调整消除了母亲身体过热而对胎儿的影响,从而使胎儿处于一种稳定的内环境当中。这种调节作用存在于整个怀孕过程,其目的是保证胎儿一直处于一种稳定的环境当中。有人把这种现象称作胎儿热保护机制。惟一例外的一种情况是,当准妈妈因为感冒导致发热时,这种热保护机制将失去作用,因此感冒引起准妈妈体温上升会对胎儿造成不利影响。

尽管胎儿在出生过程中从温暖而湿润的子宫环境转为干燥而寒冷的自然环境,但婴儿的体温一直处于稳定状态。这种外界环境的巨大变化已经超出了人类的生存极限,即使成年人也无法承受如此剧烈的体温下降,但新生儿却可以很快适应这种变化,在胎儿身体内一定存在某种特殊器官帮助婴儿适应这种外界环境变化。

胎儿的体温调节机制是非常特殊的,由于胎儿无法依靠外界环境取得热量,因此胎儿每千克所产生的热量要远远高于成人所产生的热量。

17. 孕期不能单靠"养"

个方法就是对他百依百顺。
——卢梭

你知道用什么方法一定可以使你的孩子成为不幸的人吗？这

　　准备怀孕的妇女，锻炼应以增强体质为主，孕前锻炼可参加快走、慢跑、登山、爬楼梯、郊游等有氧运动，也可做一些游泳健身活动，但每周最好不少于4~6次，每次不少于30分钟。

　　孕1~3个月的时候，运动量要小，只要能起到活动四肢和锻炼身体筋骨的作用即可，最好采用散步等比较安全的方式，每天可坚持散步30~40分钟。

妈妈，起来出去走走吧！

　　孕4~7个月的时候，每天快步走可以加快节奏，也可以每天坚持爬一定高度的楼梯，或者打打太极拳，这些活动既安全而且还有利于后期的分娩。

　　孕8个月左右至临产前夕，这个阶段的健身锻炼，时间要短，强度要低，也最好是采用散步的形式，每天在家人的陪伴下坚持散步30分钟。

　　多数女性在产后以"养"为主，其实这是一个误区。此时的健身锻炼对体力的恢复大有帮助，因此绝对不能躺在床上不动。正常情况下，分娩12小时后便可坐起，1天以后即可下地站立一会儿或做一些轻微的活动，三天后便应该下地扶着床练习慢慢走，产后半个月便可到室外散步，产后2个月即可完全恢复正常的锻炼。

18. 什么是体育胎教

运动是胎儿生长发育的必由之路。早在怀孕第 7 周,胎儿就开始了自发的"体育运动"。从眯眼、吞咽、呷手、握拳,直到抬手、蹬腿、转体、翻筋斗、游泳,真是应有尽有,无所不能。就这样,胎儿的全身骨骼、肌肉和各器官在运动中受到锻炼和发展,胎儿在运动中逐渐长大。所以,孕 18 周时母亲就可以明显地感觉到腹中的胎动。

胎儿的生命也在于运动。胎教理论主张适当适时地对胎儿进行运动刺激和训练,也就是说,要适时适当地进行一些"体育"胎教,促进胎儿的身心发育。

有人建议,在怀孕 3~4 个月后可以适当对胎儿进行宫内运动训练。做法是准妈妈仰卧,全身放松,先用手在腹部来回抚摸,然后用手指轻按腹部的不同部位,并观察胎儿有何反应。开始时动作宜轻,时间宜短,等过了几周,胎儿逐渐适应之时,就会做出一些积极反应。这时可稍加一点运动量,每次时间以 5 分钟为宜。

怀孕第 6 个月后,就可以轻轻拍打腹部,并用手轻轻推动胎儿,让胎儿进行宫内"散步"活动,如果胎儿顿足,可以用手轻轻安抚他。如能配合音乐和对话等方法,效果更佳。

对胎儿的运动训练,一般在怀孕 3 个月内及临近产期时均不宜进行,先兆流产或先兆早产的准妈妈也不宜进行。此外,手法要轻柔,循序渐进,不可操之过急,每次时间最多不宜超过 10 分钟。否则将适得其反。

研究表明,凡是在宫内受过"体育"运动训练的胎儿,出生后翻身、坐立、爬行、走路及跳跃等动作的发育都明显早于一般孩子。他们身体健壮,手脚灵敏,智、体全面发展。因此,"体育"胎教也是一种积极有效的胎教。

19. 准妈妈姿势与安全

准妈妈的举手投足都关系到胎儿的安全——此话并非夸张,那么,这段非常时期的姿势和平常人有什么不同呢?

怀孕后,为了保持身体平衡,准妈妈要脱掉平日钟爱的高跟鞋,穿上低跟鞋或平跟鞋。行走时双脚落地要稳,身体不要前倾后仰,避免摔跟斗。

怀孕后尽量不要坐没有靠背凳子,而选择有靠背的椅子,后背稳靠在椅背上,椅背给腰背部以支撑,减轻脊柱的压力,如果还觉得不舒服,可以分一个小靠垫在腰背部,长时间坐较硬的椅子,最好加个椅垫,这样会感觉舒适些,准妈妈坐着时,双腿平放,交叉双腿会妨碍血液循环。

怀孕 3 个月以后,睡觉时就不要平躺着了,因为平躺时增大的子宫会压迫血管,影响血液循环。准妈妈睡姿为侧卧,最好是左侧卧,纠正子宫右旋。

没有怀孕的时候,你可以像做仰卧起坐一样起床,可怀孕以后就要和这样的起床动作说拜拜了。怀孕后起床时,首先是将身体翻向一侧,然后用肘支撑上半身的重量,再靠双手支撑坐起,伸直背部,最后将双脚放在地上站起来。

怀孕后做些轻体力的家务是有益的,但是做家务时切忌弯腰幅度大。洗碗、洗菜、洗衣服时,如果水槽太低,拿一个大水盆架在水槽上,在水盆里洗东西。熨衣服时也要升高熨衣板的高度。总之,应想办法在腰部的高度操作家务。

怀孕后要避免搬抬重物,要是非抬不可,一定要记住蹲下抬重物。蹲下并保持背部平直,用腿部的力量抬起重物,怀孕以前直立弯腰拿重物的动作是万万要不得了。

如果你提的袋子过重,最好将袋子里的物品分别放在两个袋子里,左右手各提一个,减轻对身体一侧的负担。

20. 准妈妈运动的锦囊妙计

适度运动,不仅有益身体健康,还能培养分娩时所需要的体力。

(1) 游泳:游泳一直是个保持健康的好运动,对准妈妈来说,可供选择的运动种类,实在不多。但是,在本身健康无虞的情况下游泳(最好先经医师同意),对于身心都有帮助。大大减轻了妊娠带给你的腰酸背痛,胎盘、子宫的血液循环在此时也达到最佳状态,有利于胎儿供氧。游泳时要注意游泳池和泳衣的卫生。

(2) 每天到公园走走:公园里,有遮阳的大树、美丽的花朵,还有清新的空气,顺便活动筋骨,是休闲也是运动。

(3) 逛百货公司：散步的好去处之一是百货公司，不但可以搜集各种婴儿用品信息,也可以顺便锻炼体力,一举两得。

(4) 带着计步器散步:外出时,随身携带计步器,并定下目标,切实达成。先不要替自己定下高目标,在身体状况习惯之后,再增加"量"。

(5) 准妈妈体操：准妈妈体操是个必须

且适用于准妈妈的运动方法。在做任何运动时,一旦发现身体不适或腹部发硬,即应该马上停止,躺下休息。某些高危险群的准妈妈,例如有先兆性流产、妊娠高血压综合征等,则最好避免之。

(6) 带着随身听散步:有些准妈妈觉得,散步是件很无聊的事。建议准妈妈们,带着随身听,听一些自己喜欢的歌曲,陪自己"散"个快乐的"步"。

(7) 看电视做安产体操:医院的准妈妈培训班以及妈妈宝宝杂志中,都会不定期地介绍安产体操。但是,大部分准妈妈一想到必须在家里自我练习时,往往会觉得太麻烦而偷懒,不妨规定自己只有在做体操时,才可以看电视,藉此自我要求。

(8) 每天步行到较远的市场买菜:为了避免运动量不足,买菜时,故意走到较远的市场,借此增加每天的运动量。如果,担心自己太累,回家时可改搭公共汽车或出租车。

(9) 不搭电梯改走楼梯:电梯,已是现代建筑物的必备设施之一。忙碌的现代人,因为电梯的方便性,减少许多走路的好机会。但是,准妈妈应该多走楼梯增加运动量,将有助于产程顺利进展。大腹便便的准妈妈走楼梯时,要小心慢走,最好有人陪伴,以免发生意外情况。

> 体育运动能改善人们的心肺功能以及肌肉和骨骼的机能,并能使人心情愉快。孕早期进行体育锻炼,还能缓解怀孕以后出现的呼吸困难,下肢水肿,腰腿疼痛和便秘等症状,有利于胎儿的生长。但是,与家务劳动一样,准妈妈的体育锻炼应该以轻松、缓慢的方式进行。

尤其对于有流产危险的孕早期女性来说,更应该掌握合适的运动量。准妈妈适应的运动包括散步、骑自行车、准妈妈体操等。

而不适应的如跑步、跳跃、球类运动等过于激烈或震动性较大者。从事运动时,如感觉累了便休息一下,千万不能逞能或与别人攀比。对于有流产史的准妈妈,更不要从事剧烈的运动。

第2章

适合准妈妈的

> 　　准妈妈进行身体锻炼是极为必要的，这不仅可以增强体质，减少疾病的发生，而且可以积蓄力量，有利于顺利分娩。孕期进行身体锻炼，要注意运动量，以轻微的活动为宜。
>
> ✤ 适合自己的孕期锻炼计划
>
> ✤ 散步是准妈妈最适宜的运动
>
> ✤ 缓解准妈妈腰背痛运动
>
> ✤ 你也可以尝试的产前运动
>
> ✤ 准妈妈须注意怀孕期间的正确姿势

1. 开始你的锻炼计划

一些妇女在孕期喜欢做些运动使自己感觉舒服。如果你以前从未进行过体育锻炼,在你开始锻炼以前,你必须同医师商讨。孕期可不是你开始剧烈的锻炼计划的时候。

如果你以前从不参加运动,那么孕期散步和游泳是最好的锻炼形式。利用健骑机或跑步器锻炼也可以使你快乐并从中受益。

不要担心运动有可能会对你的妊娠有害。在孕期进行锻炼保持身体健康是好主意。在孕期如果你的健康状态良好,你对体重的增加也会更好适应,更有能力进行分娩,产后也会很快恢复。

大多数医师建议孕期的运动量要减少到孕前运动量的 70%~80%。如果你发生过阴道出血、子宫痉挛或是你从前的妊娠曾出现过问题,应根据医师的建议修改你的锻炼方案。

人们曾经认为由于运动后有短暂的子宫活动增加,它会引起早产。但是在正常妊娠中,子宫的这种活动不会引起问题。

2. 孕妇运动面面观

准妈妈做适当的运动有益健康,但一般自己运动不能掌握一个"度"的问题,最好先询问妇产科医师,确保安全。一般认为,如果没有严重的健康问题,怀孕时期也没有合并症,准妈妈做一些运动应该是安全的。

准妈妈如果有健康问题，运动会对准妈妈或婴儿造成伤害。如果经医师许可，准妈妈可以先由较轻松的运动着手，不至于引起疼痛、呼吸困难或过度疲倦，然后慢慢地增加运动量。如果感觉不舒服、呼吸困难或非常疲倦，请减少运动量。如果怀孕前就有运动习惯，怀孕时保持运动会比较容易。如果以前没有运动习惯，则怀孕时要很缓慢地开始运动，不要操之过急。许多妇女发现怀孕时，需要减少运动量。

对于准妈妈来说，最舒服的运动，就是不会增加身体负担额外重量的运动。怀孕时，可以持续游泳与骑健身车、走路与低冲击力的有氧运动也是可以接受的。

准妈妈在运动时要做好安全措施，避免会增加跌倒或受伤风险的运动，例如肢体碰撞或激烈的运动。准妈妈肚子即使轻微的受伤，也可能造成严重的后果。怀孕满 3 个月后，最好避免仰卧姿势的运动，因为胎儿的重量会影响血液循环。同时，也最好避免长时间站立。在大热天里，选择清晨或黄昏时运动，可以避免体温过高。如果在室内运动，请确保通风透气，并且可以使用电风扇帮助散热。即使不觉得口渴，也请补充大量的水分。请务必摄取均衡的饮食，因为怀孕时即使不运动，每天也需要增加 1230 千焦的摄取量。

准妈妈如果发生严重的腹痛、阴道痛或出血，或是停止运动后子宫仍然持续收缩 30 分钟以上，胸痛或严重的呼吸困难，请立即停止运动并且就医。

即使怀孕了，在忙碌的生活中特别加入一项运动也会让你感到困难。

世界上最宽阔的东西是海洋，比海洋更宽阔的是天空，比天空更宽阔的是人的心灵。

——雨果

3. 适合自己的孕期锻炼计划

你可以在做其他事情的同时进行：

① 坐在办公桌前或在汽车上活动脚和踝关节。

② 在家看书或看电视时，可盘膝而坐。

③ 早晚刷牙时进行锻炼腹肌的运动。一边刷牙，一边弯曲两膝再伸直。家人忙碌时，你大可不必袖手旁观。可以适当做一些家务劳动，慢慢做，不必强求。

(1) 散步健身法：经常散步可以调节人体的呼吸系统和血液循环系统，保持关节灵活性。当你走到心率约 100/分钟的时候，心脏必然要加强收缩，加大血液输出量，这样对心脏是很好的锻炼。如果每天步行 4000~5000 米，身体可消耗约 1255~1339 千焦的热量。锻炼方法：调整呼吸速度，收腹(但不要一直提着气)，快步走。

(2) 楼梯健身法：爬楼梯是一种有氧运动，可有效地增加心肺功能和下肢力量，并能有效消耗多余热量，一般上楼梯所消耗的热量比散步多约 4 倍，比普通速度跑步多约 29%。每日爬楼梯 5 层以上的人，心脏病的发病率比普通人低 25%。

锻炼方法：身体重心尽量放在前面，脚掌着地，感觉小腿肌肉用上力量。

(3) 骑车健身法：骑自行车可以提高神经系统的敏捷性、预防大脑老化，还可提高心肺功能及身体的耐力。它是一种偏小运动量的有氧运动，车速多在每小时 10~12 千米，心率一般比安静时提高约 30%。如果你想消耗 418 千焦的热量，那么完成 9 分钟骑车行驶 3.2 千米的话，你的愿望就可实现。

锻炼方法：把车座的高度调整到能使腿伸直或基本伸直的位置，蹬腿时脚、小腿、大腿尽量呈一线，前脚掌用力，身体不要摇晃。

(4) 水中健身法：水中健身操和游泳可以锻炼全身各部肌肉，有效消除多余脂肪，降低血浆胆固醇浓度，增强心肺功能还可辅助治疗某些慢性疾病。如慢性关节炎患者，在水中锻炼，可利用水的浮力使双腿的关节部位处于放松状态，使双腿伸缩自如，比陆上慢跑疗法要好。游泳对颈椎病也有很好的辅助治疗作用。

锻炼方法：游泳或在浅水区进行水中跑步、跳跃、划水和踢腿动作。

(5) 孕期健身法：产前运动可以防止妊娠中的体力衰弱，提高准妈妈的身体素质和肌肉力量，有助于顺利分娩。利用运动也可以消除浮肿、腰痛、静脉瘤、痔疮等妊娠中可能导致的疾病。不过，产前运动不同于产后运动，一定要注意安全，绝不可勉强自己，以免引起流产、早产或关节损害等损伤。强度小、轻松快乐的全身运动比较适合孕期女性。

锻炼方法：孕期不是什么运动都可以做的，像散步、游泳、爬楼梯等小负荷、又安全的运动都比较适合，其中又以游泳为最佳运动。

(6) 产后健身法：产后运动不但可以增强新妈妈的体质，还可以减去脂肪、恢复形体，还可促使受生育影响的器官、肌肉组织恢复正常。

锻炼方法：产后运动应分周期进行，在 30 天之前不易做太大幅度和强度的运动，以床上的身体锻炼为主。30 天后可以进行站立的陆上中小强度的锻炼如踢腿、俯卧撑、扩胸、散步、垫上腹肌训练等。56 天后如果没有任何产褥期并发症，就可以进行水中运动了，如游泳或针对性的水中健身操都是很不错也很有效的锻炼方法。

① 前 6 种方法爸爸也适用。

② 运动应从饭后 45 分钟开始。

③ 特别剧烈的运动在短时间内会抑制免疫系统的作用。

④ 晨炼要等到太阳出来。

⑤ 最好在晚上 10:00~10:30 睡觉,第二天起来一定会精神焕发,免疫力自然就会增强。

4. 孕期的运动要略

孕期坚持体育运动对准妈妈和胎儿均有好处。适当运动可以缓解背痛,使肌肉结实(尤其是背部、腰部、大腿部等),从而使准妈妈有较好的体形,运动可使肠部蠕动加快,降低便秘的发生率,运动可激活关节的滑膜液,预防关节磨耗(准妈妈在怀孕期间,关节松弛)。若遇到分娩困难时还可增强忍耐力。运动还可降低体内储存的多余脂肪量。但在孕期不应通过运动的方式减肥。

如果孕前就是一位体育运动爱好者,到了孕期要继续运动。但运动量和运动项目应作适当调整。如果孕前从未进行过体育运动,应该慢慢地逐渐建立起有规律的运动习惯。在孕初期,多数准妈妈会有眩晕感,随着胎儿发育会对准妈妈的肺造成压迫,使准妈妈感到呼吸困难等。所以,应视情况选择运动项目和决定运动时间或运动量。

若有下列症状,应停止运动:

(1) 妊娠高血压;

(2) 早期宫缩;

(3) 羊水早破。

准妈妈选择的运动项目可以有跳舞、游泳、瑜伽、骑自行车或散步等。很多专家建议准妈妈进行散步运动，刚开始时，可以将步子稍放慢些，散步的距离可以先定为 1600 米，每周 3 次。以后每周增加几分钟，并适当增加些爬坡运动。最初 5 分钟要慢走，做一下热身运动。最后 5 分钟也要慢些走，使身体稍微晾晾汗。

运动中如果感到疲劳、眩晕、心悸、呼吸急促、后背或骨盆痛，应立即停止，如果在运动中连话也说不出，这说明孕妇运动过猛。这种情况应该避免。运动中过热对胎儿不利。因为当体温超过 39℃会对胎儿发育造成影响，尤其是在孕初期 3 个月内，很易导致出生缺陷。所以，天气热时，不要活动过度。在炎热的夏天(上午 10 点到下午 3 点之间)不应在户外活动。另外。游泳时也应注意，不应过度劳累。因为，在水中，水会使准妈妈的皮肤降温，内部体温可能很高时，也感觉不到热。

大多数医师建议准妈妈不要做仰卧起坐、跳跃、跳远、突然转向等剧烈运动和有可能伤及腹部的运动；避免从山坡上向下滑雪、带水下呼吸器潜水、骑马等。

5. 不同怀孕期应做不同运动

南非金山大学的科学家研究发现，准妈妈经过运动体温上升时，会通过胎盘对宝宝形成"热保护机制",这种上升的体温能抵消母体过热对宝宝的影响,保证宝宝一直处于稳定的生长环境当中。看来,怀孕期间做运动对宝宝还真是件好事儿,但是准妈妈能做什么运动,又该怎么做运动呢?

常见到很多怀孕的准妈妈,一知道自己怀孕了,马上进入全程"戒备"状态,推掉工作、娱乐和一切体力活动,坐在家里等着宝宝出生。其实,她们特想运动运动,可是又怕伤着宝宝,真是困惑。怀孕的时候做运动会消耗母体多余的血糖,降低得糖尿病的危险,而且能让宝宝发育更正常。但运动前要先向医师咨询,在专门的指导下,根据身体状况而做运动。

一般来说,怀孕期在 16 周之内,也就是 4 个月内的准妈妈要多做有氧运动。游泳就是首选项目,别以为准妈妈游泳不安全。事实上,游泳对准妈妈来说是相当好的有氧运动,根据身体而定,如果是怀孕前就一直坚持的人,而且怀孕期间身体状况良好,那么从孕早期到后期都可以继续进行。

最重要的是,游泳让全身肌肉都参加了活动,促进血液流通,能让宝宝更好地发育。同时,孕期经常游泳还可以改善情绪,减轻妊娠反应,对宝宝的神经系统有很好的影响。游泳要选择卫生条件好、人少的游泳池,下水前先做一下热身,下水时戴上泳镜,还要防止别人踢到宝宝。孕期游泳可以增加心肺功能,而且水里浮力大,可以减轻关节的负荷,消除淤血、浮肿和静脉曲张等问题,不易受伤。

除了游泳,像快步走、慢跑、跳简单的韵律舞、爬爬楼梯等一些有节奏性的有氧运动可以每天定时做一两项。但是,像跳跃、扭曲或快速旋转的运动都不能进行,骑车更应当避免。而日常的家务如擦桌子、扫地、洗衣服、买菜、做饭都可以,但如果反应严重,呕吐频繁,就要适当减少家务劳动。

孕中期,也就是 4~7 个月之间,胎盘已经形成,所以不太容易造成流产。这个时期,宝宝还不是很大,准妈妈也不是很笨拙,所以在孕中期增加运动量是适合的时期。

对于不会游泳的准妈妈，早晚散散步也是一种好运动，既促进肠胃蠕动，还能增加耐力，耐力对分娩是很有帮助的。而在走动的同时，宝宝也不闲着，可以刺激他的活动。其实，在阳光下散步是最好的，可以借助紫外线杀菌，还能使皮下脱氢胆固醇转变为维生素 D_3，这种维生素能促进肠道对钙、磷的吸收，对宝宝的骨骼发育特别有利。散步要注意速度，最好控制在 4 千米/小时，每天 1 次，每次 30~40 分钟，步速和时间要循序渐进。同时，散步要先选择好环境，比如可以在花园或树林里。

这时候所说的加大运动量，并不是增加运动强度，而是提高运动频率、延长运动时间。但需要强调的是，一定要根据自己的情况来做运动，不要强运动。如果以前一直没有运动，那么可以做一些轻微的活动，比如散散步、做做健身球；如果以前一直坚持运动，可以游泳、打打乒乓球。但切记不要做爬山、登高、蹦跳之类的剧烈运动，以免发生意外。

孕中期的体重增加，身体失衡，做起家务来要困难很多，因此要避免过高或过低的劳动，像擦高处玻璃，弯腰擦地都有危险。

孕晚期，也就是 8~10 个月，尤其是临近预产期的准妈妈，体重增加，身体负担很重，这时候运动一定要注意安全，既要对自己分娩有利，又要对宝宝健康有帮助，还不能过于疲劳，这时候不要在闷热的天气里做运动，每次运动时间最好别超过 15 分钟。

这一时期的运动突出个"慢"字，以稍慢的散步为主，过快或时间过长都不好，在速度上，以 3 千米/小时为宜，时间上以准妈妈是否感觉疲劳为度。

在散步的同时，准妈妈还要加上静态的骨盆底肌肉和腹肌的锻炼，不光是为分娩做准备，还是让渐渐成形的宝宝发育更健全，更健康，增强他的活力。所以，这个时期在早上和傍晚，做一些慢动作的健身体操是很好的运动方法。比如简单的伸展运动;坐在垫子上曲伸双腿;平躺下来,轻轻扭动骨盆;身体仰卧,双膝弯曲,用手抱住小腿,身体向膝盖靠等简单动作。每次做操时间在 5~10 分钟左右就可以,动作要慢,不要勉强做动作。

这个时期千万不能过度疲劳,不要再做家务劳动,而像跳伞、高空弹跳、跳水、滑水更是绝对不能再做的。

6. 孕早期的健身安排

如果准妈妈长期不动,身体消耗能量少,脂肪堆积、肌肉松弛,腹部没有力量,会造成分娩困难,同时缺乏运动也容易引起食欲不振、便秘、腰背痛、肥胖症,也不利于产后恢复。而一些妇女怀孕后仍进行繁重体力劳动或剧烈运动,则往往又会造成胎儿流产或发育不好。因此,孕期妇女应重新选择和安排健身运动的方式和运动量,这样才能起到好的效果。

在妊娠初期,自主神经功能不稳定,准妈妈常有嗜睡、头晕、食欲不振,恶心呕吐等表现。早孕反应有轻有重,主要是由于准妈妈机体对妊娠不适应的结果。同时,胎儿在子宫内位置不固定,操劳过度或剧烈运动,都会使盆腔和子宫过度充血,导致流产。

因此,孕早期可根据个人身体情况,把运动降低到所能承受的最低限度。适量的运动可提高机体适应能力,转移注意力,精神得到放松,减轻呕吐等不适感觉,增加食欲。

准妈妈可在他人陪同下出去散散步,原地拍拍球,在悠扬的音乐中做做简单的徒手体操,起

到活动筋骨四肢的目的即可。自我或由他人轻轻按摩全身,放松身心。

7. 孕中期的健身安排

这一时期,胎儿的位置基本固定,因而发生流产的危险大大降低。随着呕吐、恶心等现象消失,妊娠反应好转,食欲逐渐恢复正常,体质也有了回升。

但在孕激素的影响下,骨盆各关节韧带松弛,耻骨联合可呈轻度分离,同时,妊娠子宫重量使身体重心前移。为了保持平衡,准妈妈的胸和肩向后倾,腰要向前挺,容易引起关节酸痛、腰痛。

另外,由于要负担自身和体内不断长大的小生命,准妈妈各器官系统功能都发生显著变化,代谢加强,能量消耗增强。在此阶段进行锻炼,一方面改善准妈妈自身功能,另一方面,可引起胎儿争夺养料和氧的活动,从而促进胎儿发育。因此,准妈妈应坚持健身运动,如每日半小时的步行,坚持爬一定高度的楼梯及做孕期体操。

下面这套准妈妈保健操,适合于怀孕 3~8 个月的妇女,其特点是促进血液循环,增进体内吸氧量,改善调节神经系统的平衡,增强骨盆底肌、腹肌、臀肌和背肌的肌力,从而缩短产程,有利于顺利分娩。

(1) 呼吸练习:仰卧,略微提气,用鼻短促地重复呼吸 5 次,之后微张开口,缓缓将气吐出,重复练习 5 次。然后侧卧,作鼓腹深呼吸。当吸气时手向上腹部抚摸,呼气时手向下腹部抚摸。重复 10~20 次。经常练习这种呼吸方法,有助于减轻分娩时的痛苦。

(2) 头颈运动:

① 端坐在地毯上,左腿向内盘起,右腿向后弯屈,上身略后仰,两手背后撑

地。头颈放松,先深吸气,再行呼气,重复 10 次。

② 保持上述姿势,双手向后移稍远撑,上体再向后仰。头颈用力挺直,使颈椎受力。深呼吸 10 次。

③ 仰卧,双臂放于体侧,屈腿弓膝,双脚平放毯上。脊柱平直,全身放松,保持心静,深呼吸 10 次。

④ 保持上述姿势,头颈向上抬起,双臂同时离地平举,颈椎用力,保持视线与腹部平行。深呼吸 10 次。注意腰背不应离地。这组运动可重复 5~6 次,注意不要使腹部受力。

(3) 盘腿压腿:重复 10~15 次,下压时间可逐渐延长。这节操可放松髋关节、伸展骨盆肌肉。

(4) 肩胸运动:

① 盘腿静坐,两手放在肩头,双肘分别向前后环绕。

② 盘腿静坐,左手臂屈肘,手和小臂体侧伏地。右手臂上举向左侧上方伸展,同时上体也向左侧弯。向相反方向重复做。这组运动,每个动作可重复 10~15 次。注意掌握节奏和疲劳程度。可达到练习胸肌和乳腺的目的,为哺乳做准备。

(5) 腰首运动:

① 盘腿静坐,两手臂自然撑于体侧,上体先向左侧扭转,右手放于左侧大腿前,复原,上体再向右侧扭转。注意动作轻柔缓慢,转体适度。

② 侧卧,右手臂自然放于身上,左手屈肘,小臂枕于头下。左腿伸直,右腿在上屈膝并放在一枕头上。深呼吸 10~15 次。换另一侧重复做此动作。

③ 双腿跪在毯上,双手撑地,使双臂与大腿平行。深呼吸 10 次,使背部受力。然后,身体缓慢地伏卧,使胸部着地(或垫的枕头上),两手自然平伸在垫上,使腰背受力,活动腰骶关节。重复 5~6 次,注意动作轻柔缓慢,腹部放松。此组练习可加强腰背部肌肉力量,减轻酸痛感。并可起到放松作用,对纠正胎位不正也

很有效。

(6) 骨盆运动：①右侧卧毯上，上身抬起，右臂屈肘，小臂和手撑地，左手臂自然放在胸前，右腿屈膝外侧着地。左腿抬起，向前直伸，保持 5~10 秒钟。增加大腿的牵拉力和骨盆松软灵活。换另一侧重复此动作。②仰卧，两臂撑于体侧，双腿微曲，双脚踩地。借助腿、腹、胸部肌肉抬胯，使腹部轻轻挺起，略作停顿，然后平躺，放松。重复 10 次，然后翻身面朝下，双膝和双手撑地，头下垂，脊背向上弓，然后抬头，腰、胸前移下塌。重复 10 次。此练习目的是锻炼下腹部及产道出口的肌肉。

(7) 腿脚运动：①端坐毯上，两手放于体侧，手掌撑地。两腿并拢前伸，双膝微屈，弓腿，脚跟着地，脚趾向上用力翘起，牵拉小腿腓肠肌。重复 10~12 次。②保持上述姿势，两腿伸直，腿跟着地，绷脚面，使整个腿部、脚部都用力。重复 10~12 次。③此项练习再加上步行、蹬楼梯等，可增强腿、踝力量，保持准妈妈行动的安全性。除此之外，准妈妈可根据孕期不同的阶段和爱好，选择不同的体育活动、水中运动原则上对每个准妈妈都是有益的，它不仅安全，还能保持体型和有利于分娩。

8. 孕晚期的健身安排

准妈妈进行适当的运动，不仅能促进血液循环，提高血液中氧的含量，消除身体的疲劳和不适，保持精神振奋和心情舒畅，而且能促进宫内羊水，刺激胎儿的大脑、感觉器官、平衡器官以及胎儿的呼吸系统的发育。再者，适当的运动还

可以促进母体及胎儿的新陈代谢,既增强了准妈妈的体质,又使胎儿的免疫力有所增强,同时由于准妈妈的肌肉和骨盆关节等受到了锻炼,也为日后顺利分娩创造了条件。孕晚期胎儿已基本成熟,准妈妈必须时刻注意自己的身体健康,活动要非常小心,如果胎儿生活环境出现剧烈变动,容易在这一时期出世。因此,这是一个非常关键的时期。

准妈妈这时身体较臃肿,行动欠灵活,而且非常容易疲劳。因此,这一时期应根据个人的情况做一些简单的强度低的运动,如散步、垫上体操等,出现疲劳就应及时休息。

此时应注意乳房的按摩:

① 用手掌在对侧乳房作顺时针方向按摩,从乳房基底部开始向乳头方向边揉摩边推进。每次 1~2 分钟。

② 将拇指和食指分别上下扶住乳房,自乳房基底部向乳头方向轻轻推压,每次 1~2 分钟。此按摩每天坚持,早晚各 1 次,可促使乳腺畅通,促使乳液产生。如准妈妈乳头扁平或下陷,可将乳晕(乳头四周的黑色部分)往上下左右方向推压,每天 1~2 次,每次 3~5 分钟。

9. 孕妇运动,一举两得

准妈妈在怀孕期间大可不必中断或减少正常的各种活动,一般可以照常工作、从事普通家务劳动甚至田间的农活。当然,劳动和活动的强度要根据个人的情况而定,要以准妈妈本身不感觉疲劳为度。

孕期适当的活动和劳动,是一举两得,它对母体和胎儿双方都有好处。

在母体方面,适当的活动和劳动,可使准妈妈身心舒畅,经常保持良好的心理状态；可促进血液循环和增强心肌收缩力，增加氧气的摄取，促进新陈代谢和增强全身各器官系统的功能；神经内分泌系统功能增强可使消化液分泌增多，有利于食物的消化、吸收和利用；还能增进肌肉活动的协调，帮助准妈妈适应身体重心的转移和体重的增加，并有助于顺利分娩。

在胎儿方面，由于胎儿与母体血脉相连、息息相关，因此，准妈妈适当的活动和运动，不但增强其自身的体质；也有利于胎儿的成长。母体血液循环的增强，也增加了对胎儿氧气和营养的供给，促进胎儿大脑和身体的发育；母体适当的户外活动，晒晒太阳，还有利于胎儿的骨骼生长发育；母体身心愉悦，经常保持良好的心理状态，也算是一种胎教吧，将对胎儿产生潜移默化的影响，对孩子将来形成乐观开朗的性格有一定的作用。

值得注意的是，从事某些较特殊工种者，在怀孕期间是有必要进行暂时调换的。

例如，接触有毒气体、化工生产或接触电离辐射的工作，有导致胎儿发育畸形的危险；从事高温作业、振动作业、在温度过低的环境或在噪声环境中工作等，会影响胎儿的正常发育。此外，应尽量避免长时间站立、久蹲或过度弯腰的工作，过重的体力劳动亦应尽量避免，以防发生流产。

在活动时应注意自我保护，避免摔跤、碰撞腹部，或在颠簸的路上骑自行车，上街购物，应避免到太拥挤的地方，以免腹部不慎被往来的人所撞击。

在妊娠中晚期，准妈妈不适宜登高打扫卫生、搬动沉重的物品，这些动作有一定危险性。长时间弯腰或蹲着擦洗东西等，会压迫腹部或造成盆腔充血，在孕晚期应尽量不干或少干，以免引起流产或早产。由于孕晚期体重增加以及下肢常有轻度水肿，所以双脚易感疲劳。在从事一些家务劳动时，能坐着做的就应尽量坐着做，避免久站。

当然，如早孕反应严重，则适当减轻工作量，避免重体力劳动也是必要的；另外有先兆流产的征象如腰酸、小腹痛及阴道出血等情况，应及时找医师处理及休息；有习惯性流产者，其工作、活动应按医嘱进行。

在孕期间每天坚持进行准妈妈体操能缓解紧张、使腰部及骨盆的关节更柔软、肌肉更富弹性，特别是有意识地锻炼腹部、腰部、背部和骨盆的肌肉，可以避免由于妊娠体重增加和重心改变而导致的腰腿痛，并有助于减轻临产时的阵痛和促进顺利的自然分娩。

准妈妈体操的做法很多，可根据自己的实际情况选择合适的来做。有几种简单易行的准妈妈体操可供你们选择：

盘腿坐运动：盘腿平坐床上，腰背部挺直，收住下颌，两手分别轻轻放在膝盖上。每呼吸一次，用手腕向下按膝盖；使膝盖接近床面，反复进行。早、晚各做3分钟。有松弛腰部，伸展骨盆肌肉的作用。

产道肌肉收缩运动：运动前先排空小便，姿势不拘，采取站、坐、卧位均可。利用腹肌收缩，使尿道口和肛门处的肌肉尽量向上提，以增强会阴部与阴道肌腱的弹性，减少分娩时的撕裂伤。

> 脊椎伸展运动：取仰卧位，双膝弯曲，双手抱住膝关节下缘，头向前伸贴近胸口，使脊柱、背部及臀部肌肉呈弓形，然后慢慢放松。反复做几次。怀孕4个月开始做，是减轻腰酸背痛的好方法。

扭动骨盆运动：取仰卧位，双膝屈曲、并拢，双肩紧靠床上。由双膝带动大、小腿左、右摆动(好像用膝盖画半圆形)，反复数次后，左腿伸直，右膝屈曲，右脚心平放床上,然后右膝慢慢向左侧倾倒,待膝盖从左侧恢复原位后,再向右侧倾倒。按此方法,左、右腿交替进行。每天早、晚各1次,每次每侧做5~10下。此运动能增强骨盆关节和腰部肌肉的柔软性。

应注意,脊椎伸展运动和扭动骨盆运动乃取仰卧位,在孕7~10个月时,仰卧位进行运动有可能压迫腹主动脉及下腔静脉,造成仰卧位低血压征,故这两种运动不适合孕晚期的准妈妈。

生命在于运动,而适当的活动和劳动,将会是一举两得,准妈妈和小宝宝都会得到健康的回报。

10. 准妈妈也可以跳舞

现在不但有准妈妈游泳,也有准妈妈开始跳舞了。

跳舞的目的和游泳一样,是用来锻炼分娩时肌肉的运动方法。准妈妈可以配合旋律,使手、脚、腰等部位自然摆功,让肌肉充分伸展、放松,以达到运动的目的。

孕期间,虽然肚子很大,可是由于卵细胞激素的作用,会使身体令人意外地自由和柔软,如果能很愉快地运动,不但对身心有益,也可以促进分娩的顺利进行。

如果从来没有跳过舞,也不必孕期特别去学跳舞。选择自己最喜欢的运动,持之以恒,对母子都很有帮助。

要注意运动必须适度。从现在起,每天和胎儿一起愉快的运动吧!

无论哪个时代,青年的特点总是怀抱着各种理想和幻想。这并不是什么毛病,而是一种宝贵品质。
——加里宁

11. 准妈妈做运动最好分阶段进行

多少年来，"怀孕要补，准妈妈要养"的观念深入人心，老一辈的父母对于怀孕的女儿、媳妇告诫得最多的就是吃好和休息好。在物质生活丰富的今天，很多吃好、休息好的准妈妈都超过了正常体重的增长范围，从而导致新生儿的体重过重的比率越来越高。

怀孕是一个最自然的生理过程，分娩对妇女来说是独特的、非常私人化的一种人生经历，极易受本身体质、体能以及准妈妈情绪的影响。在胎儿、胎盘、羊膜囊排出母体的过程中，它不仅需要强有力的子宫肌肉收缩，还需要母亲整个身体的全力参与，健康的身体、良好的体力和适度的情绪控制力都会有助于产妇分娩过程的顺利进行。但是，准妈妈适合做何种运动、运动量的大小要根据个人的身体状况而定，不能一概而论。同时，孕前运动也要根据孕期不同的生理特点有所改变，如有疑惑，应及时咨询专业医师来确定。

事实上，怀孕后是否该做运动一直是个争论的话题，我们周围的长辈的看法大都是准妈妈多走、多动，孩子出生会顺利些，但美国妇产科学会早已告诫准妈妈对此问题应该谨慎。尽管适当的锻炼有一定的好处，如防止体重超重，保持肌肉张力，从而使分娩过程顺利进行，减轻背痛等妊娠症状等，但过度的锻炼是有害的，能使血流从子宫流向肌肉，运动产生的热量使准

妈妈体温升高,这些都有害于母婴的健康。因此,对准妈妈来说,特别是平素体弱、肥胖、习惯于久坐的人,仅做些短时间缓和的运动即可。

12. 孕妇运动前为什么要热身

适当的热身活动可使身体更容易适应常规锻炼的要求。热身有助于减轻紧张感,慢慢地活动肌肉和关节,防止肌肉过度伸展,减少受伤的危险。如果不热身,可能引起肌肉强直和痉挛。在开始锻炼之前,要先做下列伸展练习来慢慢热身。这样能刺激血液循环,使你和胎儿供氧充足。每个动作重复做 5~10 次,姿势要正确,保证你感到舒服。

(1) 头和颈部:把头轻轻地偏向一侧,然后抬起下颌,将头轻轻地转到另一侧,回到原位。从另一侧开始重复动作。把头放正,慢慢转到右面,又回到前面,然后转到左面,又回到前面。

(2) 腰部:舒服地坐下,双腿交叉,背部伸直,轻轻地向上伸展颈部。呼气并将上身右转,右手放在身后,把左手放在右膝上,用这个手帮助把身体轻轻扭转,慢慢伸展腰部肌肉。从相反方向重复以上动作。

(3) 手臂和肩:双腿跪坐,右臂向上抬起,慢慢伸到最大限度。肘部弯曲使手下落到背部。把左手放在右肘上,把它朝下压向背部。把左臂向下放在背后,左手上伸抓住右手,互相拉伸 20 秒钟后,再放松,换一只手重复上面的动作。

(4) 腿和足:背伸直坐,腿向前面伸出。双手放在臀部两侧地板上,支持身体重量,一条腿慢慢弯膝,然后伸直。另一条腿重复以上动作。这样能增强小腿和大腿肌肉,有助于缓解肌肉痉挛。

(5) 增进循环:把一只脚抬高,离开地面,把它向外翻。然后用踝关节在空中作划圆圈动作。为使肌肉有力,将脚背向你弯曲,但不要绷得太紧。而且背部伸直,保持重心。

注意:

① 要在结实的地面上锻炼。

② 一定要保持背部伸直,如有必要,可靠在墙壁或垫子上。

③ 锻炼时从轻微活动开始。

④ 如果感到疼痛、不适或疲劳,应立即停止锻炼。

⑤ 一定要采用正常呼吸,否则会减少对胎儿供血。

⑥ 绝不要忘记双脚的锻炼,要活动双脚,防止痉挛。

13. 孕早期的家务与运动

怀孕以后做一些家务及适当的体育锻炼,对准妈妈的心理和生理上都有较大的好处。

家务劳动:准妈妈可以掌握一定的尺度,在不疲劳的前提下做一些家务。如做饭、收拾屋子、扫地等等。适当的体力劳动要掌握在不累、不搬动重东西、震动较小、不压迫腹部的范围里。这样,不仅能得到适当的锻炼,而且可以调剂生活。

运动:体育运动能改善人们的心肺功能以及肌肉和骨骼的机能,并能使人心情愉快。孕早期进行体育锻炼,还能缓解怀孕以后出现的呼吸困难,下肢水肿,腰腿疼痛和便秘等症状,有利于胎儿的生长。

同家务劳动一样,准妈妈的体育锻炼应该以轻松、缓慢的方式进行。尤其对于有流产危险的孕早期妇女来说,更应该掌握合适的运动量。

准妈妈适应的运动包括：散步、骑自行车、准妈妈体操等。而不适应与跑步、跳跃、球类运动等过于激烈或震动性较大者。从事运动时，如感觉累便休息一下，千万不能逞能或与别人攀比。对于有流产史的准妈妈，更不要从事剧烈的运动。

14. 孕二月妈妈做运动

孕期适当的运动能调节神经系统，增强心肺功能，助消化，促进腰部及下肢血液循环，松弛肌肉和关节，减少腰酸腿疼。户外运动可呼吸新鲜空气，增加紫外线的照射，促进身体对钙、磷的吸收，有助于胎儿骨骼的发育，并可防止准妈妈缺钙引起的抽筋。同时适当的锻炼，还能增强腹肌，防止因腹壁松弛造成胎位不正及难产；增强腹肌及盆底肌肉的力量，还可以缩短产程，预防产道撕裂和产后出血，而呼吸控制的练习，可减少分娩时的痛楚及促使产程顺利。适时开展胎教体操，是有益于强健母子体质的，也是早期进行间接胎教的手段之一。但是准妈妈能做什么运动，又该怎么做运动呢？运动前最好先向医师咨询，在专门的指导下，根据身体状况做运动。

妊娠第二个月的锻炼方法，是继续散步和做体操：

(1) 散步。散步是孕早期最适宜的运动。最好选择在绿树成荫、花草茂盛的地方进行。这些地方空气清新，氧气浓度高，在尘土和噪声都比较少的公园里散步，有利于呼吸新鲜空气，可以提高准妈妈的神经系统和心、肺功能，促进全身血液循环，增强新陈代谢和肌肉活动。孕母置身在宁静的环境里是增强准妈妈和胎儿健康的有效运动方式，无疑对母、子的身心都将起到极好的调节。

(2) 做准妈妈体操。适合孕2月的体操主要是坐的练习和脚部运动：①坐的练习：在孕期尽量坐在有靠背的椅子，这样可以减轻上半身对盆腔的压力。坐之前，把两脚并拢，把左脚向后挪一点，然后轻轻地坐在椅垫的中部。坐稳后，再向后挪动臀部把后背靠在椅子上,深呼吸,使脊背伸展放松。这虽然不能算作一节操,但在孕早期应练习学会"坐"。②脚部运动:活动踝骨和脚尖儿的关节。由于胎儿的发育,准妈妈体重日益增加,增加脚部的负担,因此,必须每日做脚部运动。

15. 孕 4 个月内可多做有氧运动

孕前期的妇女可以首选游泳作为自己的运动项目,许多的准妈妈会认为游泳对于准妈妈来说太不安全,其实游泳是一种非常好的有氧运动。游泳时,水可以支持你的体重,帮助肌肉放松,减轻关节的负荷,促进血液流通,使你的小宝宝能更好地发育。而且游泳对于改善准妈妈的情绪,减轻妊娠反应,培养良好的孕期心理,以及对宝宝的神经系统都有很好的作用。

但是在游泳时,一定要注意清洁卫生和安全,准妈妈可选择一些水质干净点和人相对少一点的游泳池,防止别人在水下踢到小宝宝。

除了游泳之外,像快步走、慢跑、简单的韵律舞、爬爬楼梯等一些有节奏性的有氧运动也可以由准妈妈自己选择定期进行。但是,类似于跳跃、扭曲或快速旋转的运动应当尽量避免,同时日常的家务劳动要适当减少。

16. 孕 4~7 个月可以加大运动量

孕中期,随着胎盘的形成,流产可能的降低,适当增加一些运动量还是很有必要的。但加大运动量,并非是增加运动强度,而是指提高运动频率、延长运动时间。特别提醒的是:准妈妈要根据自己的实际情况来选择运动,如果以前运动很少的话,可适当选择一些轻微的活动,如散散步等;如果以前坚持运动的话,可以选择游泳、打打乒乓球等等,但最好事先征得医师的同意。切记不要做一些剧烈的运动,避免过高或过低的劳动。

> 散散步其实是一种很好的运动方式,不会带来任何危险,而且能够增加人的耐力,对分娩是很有好处的。妈妈在散步的时候,同时也在刺激着宝宝的运动。每日散步的时间可在半小时至 1 小时左右,注意速度,地点最好选择在空气流通、人少、环境好的地方进行。据说在阳光下散步是最好的,因为阳光中的紫外线具有杀菌功效,而且能使皮下脱氢胆固醇转变为维生素 D_3,对宝宝的发育特别有利。

还有一些比如健身球等运动,对孕中期的妇女也是很有好处的,准妈妈可根据自身情况自由选择。

17. 孕 8~10 个月运动以"慢"为主

对于孕后期的妇女,因为体重增加,身体负担重,运动时一定要特别注意安全,运动尤其以"慢"为主,不能过于疲劳。运动时间也要酌情控制,最好不要超过 15 分钟。

此时,稍慢的散步加上一些慢动作的健身体操是一种很好的运动方式。这时的运动要为分娩做准备,而且胎儿也逐步成形,要让宝宝发育的健康。比如伸展运动;曲伸双腿;轻轻扭动骨盆;身体向膝盖靠等

宝石即使落在泥潭里,仍是一样可贵;尘土纵然扬到天上,还是没有价值。
—— 贾比尔

这些简单的动作都是孕后期妇女可选择的运动，这会有助于肌肉的伸展和放松，减轻诸如背痛等问题，使你感觉比较舒服。做操时时间无须太长，动作要慢。

孕后期的妇女一定不能过度疲劳，凡事要注意安全。

准妈妈适当做运动是必要的，但也要根据自身的基本状况在选择何种运动，同时在运动中要根据自己感觉的舒适程度及时调整。运动时要注意冷热，可能的话，最好有朋友或家人陪伴，运动量要适度，运动前后注意补充水分。任何时候都不应有疼痛、气急、虚脱、头晕等不适反应，如有上述情况发生，必须立刻停止运动，向医师咨询。

18. 孕期的休息与活动

人体由各种类型细胞组成，每种细胞都具有特殊功能。当神经细胞能量耗尽时就会使人感觉疲劳，可能做出有害于身体的某些反应。避免疲劳要比从过度疲劳中恢复更重要。而准妈妈很容易疲劳，必须向她们强调预防疲劳的意义，使其掌握有关的预防措施。

休息和睡眠可以使细胞能量得以补充，是避免疲倦、恢复疲劳的有效方法。休息和睡眠时间因人而异，且与每天消耗的精力有关，应该使准妈妈获得自己认为需要并感到满足的睡眠时间。除每晚 8 小时睡眠外，还应使准妈妈在白天至少有 1 小时的休息时间。

休息时争取舒适的卧位(主张左侧卧位)或坐位(腿抬高),强调使准妈妈心理及身体各部肌肉,如腹部肌肉、腿和背部充分松弛,同时尽可能伸展肢体,促使心脏搏出的血液更容易流向四肢。

怀孕期间参加室外运动可以获得阳光和新鲜空气。运动量的大小应根据准妈妈的具体情况而定,以准妈妈不感疲劳为宜。

室外散步是最好的运动方式,散步不仅简单易行,可以刺激全身肌肉的活动,并增强身体某些部位的肌肉力量,尤其是与分娩有关的几组盆底肌肉。除散步外,护士应建议准妈妈参加一定娱乐活动,例如:听音乐、看电影、拜访朋友等,也有助于松弛即将当父母的双方焦虑心理,减轻精神压力,增加家庭轻松愉快的气氛。进行上述各项运动时,均必须避免过度,防止造成不适状态。

为了准妈妈日常活动的安全和舒适,指导准妈妈遵循下列活动原则:

(1) 每天执行不同方式的活动内容(如走路、站立、坐位等)。

(2) 活动的时间宜短。

(3) 站立时,两腿平行,两脚稍分开,把重心压在脚心附近,这样不易疲劳;需要长时间站立时,每隔几分钟变换两腿的前后位置,把体重放在伸出的前腿上,可以减少疲劳度。

(4) 走路的正确姿势是抬头,伸直颈部,后背挺直、绷紧臀部保持全身平衡。每走一步注意踩实了再走第二步,以免跌跤。

(5) 上下楼梯时,注意避免过度挺胸腆肚,看清阶梯,一步步慢慢上下,使整个脚掌置于阶梯上,使用腿部肌肉抬起,自然地登每一层阶梯而不向前倾斜。尤其孕晚期,隆起的腹部容易遮住视线,注意脚踩稳了再移动身体,如有扶手,应该扶着走。

(6) 避免弯腰拾物,拾取地面物品时先曲膝后落腰蹲好后再捡拾。

19. 散步是准妈妈最适宜的运动

　　与有些运动相比,散步可以说是容易而且有效果的方式。穿着轻便的衣服放松心情慢慢地散步。还有天气好的季节,选择气温合适的时间有规则性的散步或在周末和丈夫一起去植物园吸收森林的新鲜空气也是很好的。

　　在道路平坦、环境优美、空气清新的乡间小路,一位准妈妈由丈夫的陪同缓慢而行,观看大自然景色,聊天、谈心,多么惬意。散步是准妈妈最适宜的运动,可以提高神经系统和心肺的功能,促进新陈代谢。有节律而平静的步行,可使腿肌、腹壁肌、心肌加强活动。

　　由于血管的容量扩大,肝和脾所储存的血液便进入了血管。动脉血的大量增加和血液循环的加快,对身体细胞的营养,特别是心肌的营养有良好的作用。同时,在散步中,肺的通气量增加,呼吸变得深沉。鉴于准妈妈的生理特点,散步是增强准妈妈和胎儿健康的有效方法。

　　准妈妈在散步时首先要选好散步的地点。准妈妈在马路上散步不利于健康, 由于马路上的车辆川流不息,其所排放的尾气中含有致癌致畸物质,严重影响着人体的健康。据有关资料表明:汽车尾气中的一氧化碳与人体血红蛋白的结合能力是氧气的 250 倍,对人的呼吸循环系统有着严重的危害。尾气中的氮氧化合物主要是二氧化氮,对人和植物都有极强的毒性, 能引起呼吸道感染和哮喘,

使肺功能下降，对准妈妈及胎儿的影响更甚。此外，马路、大街上空气混浊，汽车马达轰鸣声、刺耳的高音喇叭声等噪声都会对准妈妈及胎儿的健康造成极为不利的影响。

花草茂盛、绿树成荫的公园是最理想的场所。这些地方空气清新、氧气浓度高，尘土和噪声少。准妈妈置身于这样宜人的环境中散步，无疑会身心愉悦。可以在自家周围选择一些清洁僻静的街道作为散步地点。散步的时间也很重要，最好选在清晨。你还可以根据自己的工作和生活情况安排适当的时间。散步时最好请丈夫陪同，这样可以增加夫妻间的交流，培养丈夫对胎儿的感情。散步时，要穿宽松舒适的衣服和鞋。

20. 缓解准妈妈腰背痛运动

许多女性在怀孕期，尤其在孕期的最后 3 个月，常会引起腰背痛。这是由于日趋增加的婴儿体重改变了怀孕女性的身体重心，为了身体获得重新平衡，只能将身体后倾，而这种姿势加重了腰背部的韧带和脊柱的负荷，导致腰背痛。专家从临床的观察中设计了如下这套运动，它可缓解准妈妈的腰背痛。

(1) 站直，两脚脚尖朝前，两脚分开与肩同宽。两手放在两侧腰部作深吸气。

(2) 呼气，两手支撑腰背部，身体向后倾，使腰背部成拱形，反复 10 次。

(3) 仰卧在地板上，两手放在身体两侧，两腿弯曲，两脚底着地，收缩腹部和臀部肌肉，将骨盆向上抬起，然后将腰背部轻压地板，放松，反复 10 次。

(4) 产后 1 周的产妇应加做如下运动：仰卧在床上，两手伸直，两腿拼拢，两膝弯曲，移动两腿一侧到另一侧，每次两腿转到半途中将背部轻压床，反复几次。

21. 深呼吸，让肚肚放轻松

在你怀孕期间，保证你的关节和肌肉足够强壮是非常重要的，因为只有这样你才能承受不断长大的宝宝给你身体带来的额外负担，并且舒适安全地度过整个孕期。一旦恶心和疲惫伴随着怀孕最初的几个月过去以后，你一定会感觉到自己精力充沛了许多。利用这时良好的状态，你可以试着每天都做做简单的锻炼，或者常常上下楼梯，或者轻快的散散步，或者做这些简单的练习，能让你更加轻松地分娩。

肩绕环：在怀孕期间，肩膀和上背部会变得僵硬。为了让僵硬的肩膀放松，可以试试这个简单的动作练习，它可以帮助你得到放松，也可以让肌肉充分放松。双臂向体侧伸开，双手轻轻地搭在肩膀上方，轻缓地让双肘向前、向后、向上、向下做绕环运动。慢慢地重复肘部绕环 10 次。

安全地锻炼：

① 做少量的，最好是做轻柔缓和并且适度的练习。让自己从事过度猛烈的练习是非常危险的。

② 让体育锻炼成为你日常生活中的一部分——多走走路、逛逛商店或者用爬楼梯代替做电梯。

③ 听你身体自己的——如果你觉得自己精力充沛，可以多做点练

习,相反如果你觉得有点乏累,那就多多休息。

④ 在练习的时候要喝足够量的水,以避免出现脱水的现象。

⑤ 练习结束后,从容地慢慢平静下来。不要突然停止有氧健身锻炼,否则你有可能会昏倒。

侧转身:这个练习可以减轻上背部的紧张状态。双脚分开与肩同宽站立,尽量收紧腹部肌肉。弯曲手臂,右手搭在左手上面,上身慢慢向左侧侧转体,直到眼睛的余光看到自己的身后。然后回复到初始状态,换方向向右侧转。重复全部的动作,共 8 次。保持膝盖朝向前方,以防止膝部扭伤。

胸扩展:这样的扩展运动,可以避免出现浑圆的肩膀,背部肌肉的疼痛,并改善你的姿态。

① 舒服地盘腿坐在毯子上,让身体的重量由臀部承担。收紧小腹,提升上体,给自己更好地呼吸。

② 将双手放在臀部两侧,肩部向后夹紧,肘部放松。你会感觉到胸部在扩展,保持这种姿势约 6~8 秒钟,并要始终保持均匀的呼吸。游泳和轻快的散步都是分娩前最好的准备运动。

> 如果怀孕期间,你没有出现像流血这样的并发症,继续以前的练习是安全的。一定要确保你所从事的锻炼课程对身体不会有太大的影响,不管是跳跃、慢跑或方向突然的改变,都有可能导致关节的扭伤,所以必须要适当地掌握好运动的速度和节奏。在你开始锻炼之前,一定要告知你的指导教练你的身体情况,这是至关重要的。

巩固腹部:能让腹部肌肉得到加强和巩固,以便于帮助你承担宝宝的重量。

① 跪在毯子上,双手撑扶地面,分开的距离比肩略宽,大腿与小腿成 90°角。收紧腹部肌肉,保持背部平直,并均匀地呼吸。保持此姿势,心里默数 4~6 秒钟,然后放松肌肉,并重复动作 8~10 次。

② 以相同的姿势开始,收紧小腹,弓起后背,低头。呼气时保持约 4~6 秒

与其说人类的幸福来自偶尔发生的鸿运,不如说来自每天都有的小实惠。

——富兰克林

钟,然后放松肌肉时吸气。回到初始状态,并重复 8~10 次此动作。

俯卧撑:这个练习帮你巩固胸部,加强肩部和手臂的力气。同腹部锻炼的起始姿势一样,开始练习。收紧腹部,缓慢地让下巴靠近地面,肘部弯曲,用手臂和胸部支撑上体的重量。慢慢地推起,回到初始的姿态,手臂撑直,重复 8~10 次。

特别提醒:

① 在开始进行一系列练习之前,一定要去咨询一下医师的建议。

② 如果出现以下的现象,一定要停止练习并去寻求医师的帮助。如头昏眼花;阴道出血;胀痛;严重的头痛或眼睛看不清楚;胎动的减少;腿上出现疼痛的红色块(也许是血栓症的征兆)。

③ 记住自始至终一定要保持均匀的呼吸。

抬起膝盖:这个有动感的练习是可以帮助你增加心肺功能的有氧运动。如果你想更加有动感,可以放一些节奏明快的音乐,有节奏地开心地"跳舞"。①双脚与肩同宽站立,你的手臂能帮助你保持身体的平衡。②为了避免背部的扭伤,在你抬起任何一条腿的时候,收紧腹部肌肉,保持身体平衡。

22. 准妈妈体操指导

健康的宝宝是从妈妈怀孕开始的,对于许多已为人母的人来说,最辛苦的不是十月怀胎,而是一朝分娩的过程。许多将为人母的女性,由于惧怕分娩的痛苦,而选择了剖宫产的方式。剖宫产的儿童在智力特别是感知觉的发展上出现问题的可能性较大。准妈妈体操将会帮助您顺利度过怀孕和分娩的过程。

(1) 使骨关节柔软。随着产期的临近,产道应慢慢开放,这个动作的目的是使骨关节柔软,有助于妈妈顺产。正确坐姿是将背部挺直,重心落在臀部的正中央,身体坐直,两脚脚心相对,边短促呼吸,边双手按双膝盖,反复按压10次,两腿呈90°展开,曲左腿,边吸气边将右手延体侧上举,目光向手指的正前方,停2秒钟,边呼气边将身体倒向左侧,再次吸气,身体还原到脚心相对时,双手按双膝盖,反复按压10次,向相反方向练习。

(2) 强健下肢。下肢有无力量是决定顺产的关键,腿部伸曲动作会使腿部肌肉具有充分的耐力。站立双脚分开与肩同宽,膝盖稍微向外,双手放在脑后,吸气,边呼气边曲膝,停5秒钟,吸气,边呼气边直膝,双手伸直,吸气,边呼气边曲膝,停5秒钟,吸气,边呼气边直膝,最后整个是蹲的姿势。

(3) 缓解腰痛。模仿猫的姿态,是腹肌健壮,放松脊背,缓解腰痛,从而达到预防腰痛的目的。双手扶地,双膝跪在地上,吸一口气,把腰弓起来,慢慢向后坐,一直坐到脚上,静止2秒钟,边呼气边抬头,后背和腰自然放松。

(4) 锻炼脊背和腰部。要支撑蛮大的腹部,腹肌和脊背的力量都很重要,应循序渐进坚持锻炼。身体的左侧向下侧卧,左手支撑头部,右手放在地板上,左腿微曲,右腿伸直,吐气,右腿向斜上方抬,呼气,吸气,腿再放下来,连续做8次,然后反方向练习,注意动作要慢。

特别注意:

在练习以上两个动作时,一定要注意呼吸的配合,吸气时用力,呼气时放松。

23. 准妈妈保健操(一)

对准妈妈来说,并不是任何体操都可以随便做的。准妈妈做的体操可以说

需要有美丽的灵魂。

美丽的身材可以吸引真正的倾慕者,但是要持久地吸引他们,

——科尔顿

是一种专门体操,它是根据准妈妈的特殊解剖生理特点而编排的,必须有利于胎儿发育和母亲分娩。

(1) 盘腿坐,要求躯干自然放松,两手放在双膝上。通常人们在生活中较少采用这种坐姿,而这种姿势可以增强盆腔部肌肉力量,改善大腿肌肉的柔韧性。

(2) 将两足底贴合的盘坐式,足跟尽量向身体靠拢,用双手按住膝盖轻轻下压,躯干须保持自然放松。

(3) 坐姿,上体略前倾,两腿屈膝分开,双脚支撑于地面,脚尖朝外。

(4) 仰卧姿势,双臂自然放于体侧,一侧大腿缓缓举起,要求脚背与膝盖伸直。腿举起时吸气,放下时呼气。两腿交替各做 5 次。

(5) 仰卧姿势,两臂侧平举,右侧大腿抬至最高点时,将脚尖勾起并向外旋转,然后将腿缓缓放下;接着再将右腿按原路线举起,在最高点将脚尖转回原位并慢慢放下。呼吸方法是举腿时吸气,落腿时呼气。

(6) 仰卧,双腿屈膝脚触地,双臂放于体侧,然后利用肩、背、足的支撑力量使臀部离地成反弓型。呼吸方法是腰部抬起时吸气,下落时呼气。

以上动作均可在床上做。每天早晚各练 1 次。就能收到良好的效果。

24. 准妈妈保健操(二)

本操需备一根棍子作为辅助器械。

(1) 双手握棍,两脚左右开立,成站立式。吸气、低头、含胸收臀部、背成弓形、两臂前平举,膝微屈;呼气、手臂放下还原成站立式。重复 10 次,动作速度稍慢。作用是伸展背、腰及颈部。

(2) 面对墙直立,两手撑墙,收臀部;两臂屈肘,使胸靠近墙,再用力推起。重复做 5~10 次。作用是运动胸和臂肌。

（3）两脚左右开立，膝关节放松、收臀，成站立式。两臂头上举、两手相握、肘微屈，做前后振摆运动，速度适中。重复 10~15 次，作用是运动上臂肌。

（4）两脚左右开立，双膝向外展，躯干保持正直，两手扶棍。然后慢慢下蹲 10 厘米左右，再起立。重复动作 15 次。作用是运动腿、臀部。

（5）前臂与两膝着地，背直，成俯卧跪地式。小腿后屈、举腿，膝不高过臀部，重复 10 次，再换腿做；然后伸直单腿，踝关节放松，向后举腿，脚不过臀部，重复 10 次，交换腿。作用是运动臀部。

（6）侧躺地上，用一手支撑头部，膝弯屈举腿，放下时碰另一腿，重复 15~20 次，再转身换腿做。作用是运动腰肌和腿部肌肉。

（7）背墙而立，两脚分开，屈双膝，背靠墙下滑 15 厘米，维持姿势 10 秒钟，再伸直，重复 5 次。作用是活动双腿。

（8）双手撑墙，两脚前后站立，前脚离墙 40 厘米左右，屈膝，后腿伸直，全脚掌着地，背直，维持姿势 10 秒钟，换另一腿。重复交换 3 次。作用是伸展腿部肌肉，达到放松目的。

25. 准妈妈保健操（三）

在分娩前夕，女性身体变化较为显著，如腹部肌肉拉长松弛，骨盆底部肌肉结实，由于胎儿在身体中发育也直接影响准妈妈的血液循环等系统。

所以，这一时期要特别注意做准妈妈保健操，不断增加体内的氧气含量，防止由于孕期体重增加和重心变化引起的肌肉疲劳和机能降低，并松弛腰部和骨盆肌肉，锻炼与分娩直接有关的关节和肌肉，为将来分娩时婴儿的顺利娩出打下基础。

至于孕期间能做哪种操，哪些情况不能做操，需要征求医师的意见。所以，妊娠保健操完全应在医师的认可下才能进行。准妈妈保健操的具体步骤是：

(1) 脚部运动:通过踝关节和脚尖的活动来增强血液循环,并强健脚部肌肉。

① 深坐椅子上,脚和地面垂直,双脚并拢,脚心平放。

② 脚尖使劲上翘,待呼吸 1 次后,再恢复原状,以后又重复做。

③ 将一只腿放在另一腿上,上面腿的脚尖慢慢上下活动。然后再换另一条腿,动作同上。

④ 每次活动 3 分钟左右。

(2) 盘脚坐运动:通过伸展肌肉,可以松弛腰关节。

① 盘脚而坐,精神集中,背部挺直,双手轻放膝盖上。

② 每呼吸 1 次,手就压 1 次,重复进行。

③ 按压时须用手腕向下按膝盖并一点点加力,让膝盖尽量接触床面。

④ 每次各做 5 分钟左右。

(3) 摆动骨盆运动:目的是加强骨盆关节和腰部肌肉的柔软。

① 仰卧,双腿直立,双膝并拢。

② 双肩紧靠床上,双膝带动大小腿向左右摆动,像用双膝在空中画半圆,动作要慢,要有节奏。

③ 左脚伸直,右膝直立。

④ 右腿膝盖慢慢向左侧倾倒。

⑤ 待膝盖从左侧恢复原位后,再次向左倾倒,反复多次后,再换另一条腿做同样动作。

⑥ 运动时间最好安排在早晚,各做 5~10 次。

(4) 推动骨盆运动:目的是除了松弛骨盆和腰部关节外,可使产道出口肌肉柔软,强健下腹肌肉。

方法一:

目的是除了松弛骨盆和腰部关节外,可使产道出口肌肉柔软,强健下腹肌肉。

① 仰卧位,后背紧贴床面,双膝直立,脚心和手心平放床上。

② 腹部向上突起呈弓形,默数十下左右,再恢复原位。

③ 运动时间最好选在早晚,连续做 5~10 次。

方法二:

① 呈趴下体位,头低着,后背呈圆形。

② 抬头挺胸,使后背翘起。

③ 上体向前方慢慢移动,翘起,并保持重心前移的姿势。每呼吸一次做一次反复做。

④ 运动时间最好安排在早晚,5~10 次为宜。

26. 准妈妈保健操(四)

本操能够增强呼吸,心血管和神经系统功能;能够控制体重增加和产后腹部体积增大;能够减少精神紧张,静脉曲张和便秘等症状;能够改善睡眠,促使血压稳定、产程缩短、分娩更加顺利;还能保持健美体型。

准妈妈禁止剧烈的身体接触性运动,主要是进行一些缓和的运动项目,运动时间每次运动 20~30 分钟即可,每周可运动 3 次。每个动作可反复做 6~15 次。

(1) 俯撑弓背:跪立、两臂前撑体,然后含胸低头、弓背。再挺胸抬头、塌腰。

(2) 仰卧屈伸腿:仰卧,两腿伸直平放。然后,两腿屈膝,再两腿分开,两腿再并拢,最后两腿伸直还原。

(3) 仰卧抬臂:仰卧,两腿屈膝,然后挺腹抬臀,稍停顿再还原。

(4) 侧卧抬腿：右侧卧，两腿伸直，然后左腿上抬，再放下。练完后，再左侧卧，右腿上抬、放下。

(5) 站立抬腿：手扶椅背站立，然后，右腿向前抬起，还原后，再向右侧抬起，还原后，再向后抬起。右腿练完，再换左腿，向前、向侧、向后抬起。

(6) 站立半蹲起：两腿宽于肩站立，然后，屈膝半蹲，两臂前平举，再直立，两臂从体侧后伸。

(7) 站立腰侧屈：两脚分开宽于肩站立，两臂侧平举。然后腰左侧屈，右臂上抬，左臂体后下伸。再腰右侧屈，左臂上抬，右臂体后下伸。

(8) 身体环绕：两腿分开站立，然后，身体向顺时针方向绕一周，再身体向逆时针方向环绕一周。

健身操适用于孕 6 月前的健康准妈妈，应根据自身情况调节运动量。孕 7~9 月以散步为主。

27. 准妈妈保健操（五）

香港医师创建了一套"准妈妈保健操"，供准妈妈进行运动。这套保健操的内容较多，共有 12 组。但是我们不一定每天都做完，每次可以选择做其中的两三组。在做这套保健操的时候，注意不要做一些伸拉、跳跃、负重以及对腹部有压力的动作，运动要适当适量，否则会发生意外，适得其反。

第一组：平躺在床上，双手手心向下平放在身体两侧。先是左腿伸直向上轻举，轻落；再换右腿做同样的动作。做 1~2 个回合后，休息 3 分钟再进行下面第二组的运动；再休息 3 分钟，进行下面第三组运动。

第二组：平躺在床上，双手手心向下平放在身体两侧，屈膝，双腿分开与肩膀同宽，将臀部向上抬高，停几秒钟，放下。进行 1~2 次。休息 3 分钟后做第一组运动；再休息 3 分钟后完成第三组。

第三组:平躺在床上,双腿随意分开,全身绷紧,握拳,头向上抬起,停3秒钟。1~2次后,休息3分钟,进行第二组;再休息3分钟后仍完成第三组。

第四组:平躺在床上,左腿和地面平行,向左侧摆。回复,换右腿。1~2个回合后,休息3分钟,进行第二组;再休息3分钟后完成第三组。

第五组:坐在床上,盘腿,双脚心相抵。双手抓住两脚,将膝盖向下压,做1~2次。休息3分钟,进行第二组;再休息3分钟后完成第三组。

第六组:坐在床上,两腿分开,左臂向右脚伸,够不着无所谓。回复,换右臂。1~2个回合后,休息3分钟,进行第二组;再休息3分钟后完成第三组。

第七组:跪在床上,两膝与肩同宽,双手向前按地面。然后采取胸膝卧位,胸部尽量贴地面。1~2次后,休息3分钟,进行第二组;再休息3分钟后完成第三组。

第八组:站立,双手扶住某稳固物体以免跌倒。左腿屈腿抬起,放下,再换右腿重复。1~2个回合后,休息3分钟,进行第二组;再休息3分钟后完成第三组。

第九组:站立,双手向前扶住某稳固物体。左腿侧屈,向左侧抬起,放下,再换右腿重复。1~2个回合后,休息3分钟,进行第二组;再休息3分钟后完成第三组。

第十组:站立,双手向前扶住某稳固物体。左腿向后伸,放下,再换右腿重复。1~2个回合后,休息3分钟,进行第二组;再休息3分钟后完成第三组。

第十一组:站立。可在背后30厘米左右的地面放一张纸,向左侧转腰,眼睛看到纸片后转回来,向右侧转腰。1~2个回合后,休息3分钟,进行第二组;再休息3分钟后完成第三组。

第十二组:蹲马步,双手抱头。向左侧侧腰,回复,再向右侧。1~2个回合后,休息3分钟,进行第二组;再休息3分钟完成第三组。注意这一组动作要慢一些。

看来上述12组动作,主要是第二、三组动作和其他组动作的组合,这个规律掌握了,做起日常生活中的孕期运动就会得心应手了。

28. 准妈妈保健操（六）

> 体操对于每一个准妈妈，不论是健康的或是身体上有活动障碍的都有好处。最好在每天早晨起身后做，并且可以从怀孕以后，一直操练到分娩的前一天。最好在没有灰尘的房间里做，夏天可以在室外或阳台、晒台上做。衣服要尽量穿得轻便而适宜于运动，不能穿得太紧窄。做体操的时候，应该赤脚，地上铺个垫子。下面介绍一套准妈妈适用的体操。

(1) 仰卧位。脚尖向上，用力尽量屈曲及伸展全部脚趾。用劲做 3 次。这样可以锻炼脚趾的曲肌，同时，预防这些肌肉发生抽痉。

(2) 仰卧位。脚尖向上。采用踏缝衣机的动作，活动脚关节用力使脚上伸及下屈，用劲操练 3 次。这样做可以进一步锻炼脚肌、活跃局部血液循环，并可防止下肢静脉曲张的发生。

(3) 仰卧位。双腿仍然伸直，双腿轮流用力向下紧压垫子。臀部也随同使劲收缩压向对侧，用劲每侧做 3 次。这样，由上一节运动加强了的血液循环就更向身体上部推进了。

(4) 仰卧位。双腿伸直。提起双腿向腹部弯曲，垂直向上伸出。然后让伸直并拢的双腿徐缓落下。这节体操能锻炼腹直肌，同时，亦能促进血液循环。

(5) 仰卧位。这节体操是上节的倒动作。即将伸直的双腿徐徐举到垂直位置，然后，将双腿弯曲到腹部，以离地不到 20 厘米的高度凌空向下伸直，放下，共做 2 次。这节体操能有力地锻炼腹部前壁，使你长期保持美好的体型而不致肥胖过度。

（6）仰卧位。将伸直的双腿从离地 20 厘米的高度做跨腿和并腿的动作，这样可以锻炼腹斜肌。腹斜肌是天然的绑肚裤，它能够使逐渐增大的子宫保持直立、紧贴的位置。熟练这节体操以后，我们就用不到扎腹带了。

（7）仰卧位。曲起双腿，使脚跟尽量接近臀部，双膝并拢，使之完全放松而并拢的双膝倒向右侧、左侧。长期操练这节动作以后，将来分娩时就可以利用松弛的活动而避免子宫口的痉挛状态，使分娩过程因此而缩短。

（8）站在墙壁前作准备姿势。面部朝墙，脚及腹部接触墙壁，双臂向上伸直、贴墙。先将右臂离墙向后挥动，然后，轮流挥动左臂。这个运动要做得快而有弹性，同时，背部挺直向后弯。熟练单臂的动作后，可以双臂一齐挥动，随着用力的增加，背部肌肉将更加有力。这节体操共做 3 次。单臂挥动每侧 3 次，熟练后，加上双臂挥动 3 次。

（9）站在墙壁前作准备姿势。背靠墙壁。头、背、臀部及脚趾接触墙壁。双臂向上伸直手背先后轮流紧压墙壁。轮流及同时地用劲各作 3 次。这样，我们的背肌就加强了锻炼。

（10）与墙壁稍离开些。仍然保持背向墙壁的准备姿势。挥动双臂，松弛而迅速地在身体前面画圈，使刚才紧张过的背肌得到满意的松弛。

上述各节体操应该随费力的程度来决定操练次数。每节体操之后，我们应当有一种已经劳动过和稍有些吃力的感觉。合理的锻炼是不会过度疲劳的，所以准妈妈大可不必多顾虑。坚持孕期保健操对你们是有好处的！

29. 准妈妈保健操（七）

孕期间每天做准妈妈体操，活动关节，锻炼肌肉，能使你感到周身轻松，精力充沛，同时可缓解因孕期中姿势失去平衡而引起身体某些部位的不舒服感。孕中期坚持每天锻炼，能松弛韧带和肌肉，使身体以柔韧而健壮的状态进入孕

晚期和分娩。

做操最好安排在早晨和傍晚,做操前一般不宜进食,最好是空腹进行。锻炼结束后 30 分钟再吃东西。如果感到腹饥,可以在锻炼前 1 小时左右吃一些清淡的食物。做操时宜赤脚,衣服要宽大,也可播放一些轻松的音乐。

(1) 脚部运动。通过脚尖和踝关节的柔软运动,可以增加下肢血液循环。

方法:

① 往后时脚背尽量绷紧。活动数十下后,换另一只脚重复此动作。

② 坐在床上(或地毯),一腿伸直,另一腿屈曲。一手握住小腿部位,另一手捏住脚尖部位,利用踝部关节前后活动脚部。往前时脚尖尽量上翘。

(2) 盘腿坐运动。这个运动可以松弛腰关节,伸展骨盆的肌肉,促使分娩时骨盆肌肉能很好地分开,胎儿在娩出时容易通过产道,顺利分娩。最好每天早、中、晚做 3 次,每次 3 分钟。

方法:

① 盘腿坐好,背部挺直,抵住下颌,一手轻轻放在膝盖上,另一手捏住脚尖。

② 每呼吸一次,放在膝盖的手就按压一次,反复进行。按压时要用手腕向下按膝盖,一点点加力,同时让膝盖尽量接近床面。活动数十下后,换另一膝盖重复此动作。

(3) 扭动骨盆运动。这个运动能够加强骨盆关节和腰部肌肉的柔软性。运动时间最好在早上和晚上,各做 5~10 分钟。

方法:

① 仰卧床上,两腿直立,双膝并拢。

② 双膝并拢并带动大小腿向左右方向摆动,似用膝盖在空中画半圆形。摆

动时要缓慢而有节奏,双肩要紧靠在床上。

③ 接下来右腿伸直,左膝直立,左脚心平放在床上。

④ 左腿的膝盖慢慢向右侧倾倒,直至左膝碰到床面,再逐渐恢复原状。

⑤ 反复数次后,换另一侧重复①~④动作。

(4) 振动骨盆运动。这个运动可以不费力地活动骨盆,既能松弛骨盆和腰部关节,又可以使产道出口肌肉柔软,同时还能锻炼下腹部肌肉。

方法:

① 准妈妈双手撑于桌面,双膝并拢跪于床面呈趴下体位,头深深向下俯,后背弓起成半圆形。

② 抬头挺腹,使后背翘起。骨盆轻微向前方倾斜,保持重心前移的姿势。然后,呼气时还原到方法①的体位。吸气时进行到方法②的体位,每呼吸一次体位变化一次,反复做数次。

爱心提示

如果你一直喜欢运动,孕期仍可经常进行。但注意要有所限制:

① 孕期不是剧烈运动的时候,只能继续做一些你身体已习惯的运动。

② 运动要有限度,不要运动到令自己感到疲劳或上气不接下气的地步。

③ 要避免任何有损伤腹部危险的运动,例如骑马、滑雪或滑冰。

④ 孕期的最初和最后数周要格外小心,要避免韧带过分紧张。

⑤ 游泳是极好的并且很安全的运动,水可把你的身体支撑起来。

30. 准妈妈保健操(八)

妊娠体操主要是增强准妈妈腹部、背部及骨盆肌肉的张力,借以支托逐月长大的子宫,以保护胎儿的成长,并维护身体的平衡。准妈妈可以根据自己的情况酌情选做。

(1) 盘腿坐式。平坐床上,两膝分开,两小腿一前一后平行交接。这样可以锻炼腹股沟的肌肉和关节韧带的张力,以防孕晚期由于子宫的压力而产生的痉挛。于怀孕 3 个月后开始做,每天试做一次,时间由 5 分钟逐渐增加到 30 分钟。

(2) 盘坐时的运动。盘坐时双手平放在膝盖骨上,利用双臂力量帮助双腿上下运动。这种运动可以增加小腿肌肉的张力,避免腹股沟扭动与小腿抽搐。怀孕 3 个月后开始做,每天至少 1 次,每次做 5 遍。

(3) 足部运动。足部肌肉运动可以借脚趾的弯曲进行,如用脚趾夹小石头,小玩具或左右摆动双脚,都可以达到运动足部肌肉的目的。怀孕时因体重增加,往往使腿部和足弓处受到很大的压力,因此,应该随时注意足部的运动,以增强肌肉力量,维持身体平衡。

(4) 腿部运动。站在地上,以手轻扶椅背,双腿交替作 360°旋转。这种运动可以增强骨盆肌肉的力量和会阴部肌肉的弹性,以利分娩。每日早晚各做 5~6 次,可从怀孕开始坚持到末期。

(5) 腰部运动。双手扶椅背,在慢慢吸气的同时使身体的重心集中在双手上,脚尖立起,抬高身体,腰部挺直,使下腹部靠住椅背,然后慢慢呼气,手臂放松,脚还原。每日早晚各做 5~6 次,可减少腰部的酸痛,还可以增强腹肌力量和会阴部肌肉弹力,使分娩顺利。

(6) 骨盆与背部摇摆运动。仰卧,双腿弯曲,腿平放床上,利用脚和臂的力量轻轻抬高背部。可以减轻怀孕时腰酸背痛。怀孕 6 个月后开始做,每日 5~6 次。

(7) 脊椎伸展运动。仰卧,双膝弯曲,双手抱住膝关节下缘,头向前伸贴近胸口,使脊柱、背部及臀部肌肉成弓形,然后再放松,每天练数次。这是减轻腰酸背痛的最好方法。怀孕 4 个月后开始做。

(8) 腰背肌肉运动。双膝平跪床上,双臂沿肩部垂直支撑上身,利用背部与腹部的摆动活动腰背部肌肉。在怀孕 6 个月后开始做。

(9) 肩胛部与肘关节的运动。盘腿而坐,肘部弯曲,手指扶在肩上,两上臂保

持一条直线,然后将手指向外伸展,再放松肘关节。此运动不但可以减轻背痛,而且能强壮胸部及乳房部肌肉。在怀孕的任何阶段都可以做。

(10) 双腿高抬运动。仰卧床上,双腿高抬,脚抵住墙。此姿势可以伸展脊椎骨和臀部肌肉,并促进下肢血液循环。每日数次,每次 3~5 分钟。妊娠的任何阶段都可以做。

(11) 下蹲运动和骨盆肌肉运动。双脚平行分开,距离 46~61 厘米,上身挺直慢慢下蹲。在孕晚期身体过重时,可斜靠在床上,做伸缩双腿的动作。这两种动作使身体重心集中在骨盆的底部,可以加强骨盆肌肉的力量,借以保持身体的平衡,在孕期间做此练习还有助于分娩。

(12) 产道肌肉收缩运动。运动前先排空小便。姿势不拘,站、坐、卧皆可。利用腹肌的收缩,使尿道口和肛门处的肌肉向上提,以增强会阴部与阴道肌腱的弹性,有利于避免分娩时大小便失禁,减少分娩时的撕裂伤。怀孕的任何阶段皆可练习。

(13) 大腿肌肉伸展运动。仰卧,一腿伸直一腿稍屈,伸直的腿利用脚趾的收缩紧缩大腿、臀部和肛门的肌肉,然后放松。两腿交替练习,每日反复 10 次。利用大腿部肌肉的收缩,可减轻小腿和脚的疲劳、麻痹和抽筋。

31. 和腹中宝贝一起做操

小宝贝越长越大,在肚子里经常淘气,一会儿伸伸小拳头,一会儿又踹踹腿,准妈妈的肚皮不时鼓一下,这是小宝宝在逗你,他想跟你玩呢。

胎儿活动的差异能预示他们出生后活动能力的强弱。在正常情况下,胎儿期活动力强的婴儿,出生后 6 个月观察得知,要比在胎内不怎么活动的婴儿动作发展更快些。

胎动是胎儿主动运动的表示。小至吞咽、眯眼、咂拇指、握拳头,大至伸展四肢、转身、翻筋头,胎儿都可以做到。大约在 16 周之后,母亲便可以感到胎动。

　　法国心理学家贝尔纳·蒂斯认为,父母都可以通过动作和声音,与腹中的胎儿沟通信息,这样做,可以使胎儿有一种安全感,使他感到舒服和愉快。孩子出生后也愿意同周围的人交流。

　　同胎儿沟通信息,还能促使胎儿发育及发展智力。在母腹中进行过体操锻炼的胎儿,肌肉活动力比较强,出生后翻身、抓、握、爬、坐等各种动作的发展,都比没有进行过体操锻炼的要早一些。常常见到一些准妈妈把手放在腹部,等待胎儿活动。其实,准妈妈可以促使胎儿活动,在胎儿 4 个月后就可以这样做了。这时,胎盘已经形成,胎儿在羊水中活动,不会受到任何伤害的。

　　给胎儿做体操的具体方法如下:准妈妈躺在床上,全身尽量放松。在腹部松弛的情况下用双手捧住胎儿,轻轻抚摸,然后用一个手指轻轻一压再放松。这时胎儿便会作出一些反应。胎儿的情况不一样,反应的速度也有快有慢。如果此时胎儿不高兴,就会用力挣脱,或者蹬腿反对,这时应该马上停止。在刚开始的时候,胎儿只作出响应,过几周后,胎儿对母亲的手法熟悉了,一接触妈妈的手就会主动要求玩耍,胎儿六七个月时,母亲就能感觉出他的形体,这时就可以轻轻地推着胎儿在腹中"散步"了。

　　8 个月时,母亲可以分辨出胎儿的头和背了。胎儿如果"发脾气"用力顿足,或者"撒娇",身体来回扭动时,母亲可以用爱抚的动作来安慰胎儿,而胎儿过一会儿也会以轻轻地蠕动来感谢母亲的关心的。

　　经常抚摸胎儿的准妈妈有时会收到意想不到的效果。有一产妇难产,胎儿的心律不齐,医师正准备抢救胎儿;这时,产妇突然想起她经常抚摸胎儿并同他做游戏的事。于是,这位产妇立即开始抚摸胎儿,很快一切都正常了,胎儿平安降生。

如果能够和着轻快的乐曲同胎儿交谈,与胎儿"玩耍",效果会更好,可以帮助胎儿发育的更好。需要注意的是,给胎儿做操应该定时。比较理想的时间是在傍晚胎动频繁时,也可以在夜晚 10 点左右。但不可太晚,以免胎儿兴奋起来,手舞足蹈,使母亲久久不能入睡。每次的时间也不可过长,5~10 分钟为宜。但有早期宫缩者不宜用这种办法。

兄弟,以希望为哨兵。

如果你希望成功,当以恒心为良友,以经验为参谋,以当心为

——爱迪生

32. 减轻背部紧张

当你阅读或听音乐时,可以采取前倾俯卧位——双膝及双肘着地,双膝尽量分开。腰背部不要弯曲。此时胎儿重量从背部转而由腹部肌肉支撑,从而减轻背部负担。这一体位使你的身体得到很好支持,胎儿重量在两腿之间。做此练习时勿塌腰,以免背痛。

盘腿而坐这项训练可增强背部的肌肉并且使你的大腿及骨盆更为灵活。它还可改善身体下半部的血流,并且促使你的两腿在分娩时能很好地分开。

33. 准妈妈怎样骑车

自行车已成为人们的主要交通工具和健身工具。特别是妇女怀孕以后,骑自行车上下班比挤公共汽车好处更多。它不但是准妈妈的一种适量的体育活

动,而且还能避免因乘公共汽车遭受碰、撞、挤而发生意外。不过准妈妈骑自行车应注意以下几件事:

(1) 适当调节车座的坡度,使车座后边略高一些,座垫也要柔软一点,最好在车座上套一个海绵座垫,以缓冲车座对会阴部的反压力。

(2) 准妈妈要骑女式车,因为骑男式车遇到紧张情况时,容易造成骑胯伤。骑车速度不要太快,防止因下肢劳累,盆腔过度充血而引起不良后果。准妈妈因体态的关系,上下车子不太方便,所以不要驮带重物。

(3) 一般情况下,准妈妈不适于骑车长途行驶,因过于疲劳及气候环境的变化,对准妈妈和腹中的胎儿都是不良的刺激。骑车遇到上下陡坡或道路不太平坦时,不要勉强骑行,因剧烈震动和过度用力易引起会阴损伤,也容易影响胎儿。

准妈妈在孕晚期,由于体型、体重有很大变化,为防止羊水早破出现意外,最好步行上班,以保母子安全。怀孕期间,一旦出现小腹阵痛,阴道出血等情况,应立即就近诊断和采取保护性措施,切不可麻痹大意。

34. 准妈妈怎样散步

每日早上起床后和晚饭后可进行散步,散步的时间和距离以自己的感觉来调整,以不觉劳累为宜。散步时不要走得太急,要慢慢地走,以免对身体震动太大或造成疲劳,在孕早期和晚期要格外注意。

衣服穿着应便于行动,鞋跟不要太高,最好是软底的运动鞋。夏天或冬天应注意防暑、防寒。大雾或雨雪天时就不要再去散步,以免发生事故。散步前要认真考虑好路线,避开车多、人多和台阶、坡度陡的地方。散步时要留心周围的车辆、行人以及玩耍的儿童,不要被撞倒。散步途中感到有些不舒服时,可找一安全、干净的地方稍事休息一下,然后就向回转。散步的过程中还可同时活动一下四肢,进行多方面的锻炼。

35. 准妈妈怎样做广播操

准妈妈做广播操也是比较适宜的锻炼方法。每日可在散步之后或工间操时做几节。怀孕头 3 个月时,不要做跳跃运动,而且每节操可少做几个节拍,以免运动量太大,造成流产。怀孕 4 个月之后,可做全套,但弯腰和跳跃要少做几节拍甚至不做。到了孕晚期,不仅要减少弯腰和跳跃运动,其他几节的节拍也需适当控制,但可以自己增加一些动作,如活动脚腕、手腕、脖子等。每次不要搞的很累,微微出汗时就可以停止了。

36. 准妈妈怎样做脚部运动

准妈妈坐在椅子上或床边,腿和地面呈垂直状,两脚并拢平放地面上。

(1) 脚尖使劲向上翘,待呼吸一次后,再次恢复原状。

(2) 将一条腿放在另一条腿上。上面腿、脚尖慢慢地上下活动,然后换腿进行。

(3) 通过脚尖和踝骨关节的活动,能够增快血液循环和锻炼脚部肌肉,防止脚部疲劳。每次为 3~5 分钟。

(4) 盘腿坐：

①在床上坐好，盘好双脚。把背部挺直，正视前方，两手放在膝盖上。

②每呼吸一次，双手将膝盖向下压至床面，反复进行。这项运动可以松弛关节，伸展骨盆肌肉，使婴儿在分娩时顺利通过产道，每次可做 10 分钟左右。

(5) 扭动骨盆运动：

①仰卧在床，两腿与床成 45°，双膝并拢。

②双膝并拢带动大小腿向左右摆动。摆动时两膝好像在画一个椭圆形，要缓慢地、有节奏地运动。双肩和脚板要紧贴床面。

③左腿伸直，右腿保持原状，右腿的膝盖慢慢向左倾倒。

④右腿膝盖从左侧恢复原位后，再向右侧倾倒，此法两腿交换进行。

37. 盆底肌体操治疗尿失禁

盆底肌体操有利于产后恢复。进入妊娠 24~32 周，因子宫增大，压迫膀胱，易引起尿失禁。盆底肌本来就弱的人更易发病，但大多数女性在产后，随着膀胱所受压迫的消失，便会自然得到改善。

尿失禁是一种非常令人尴尬的症状，难以说出口。因此，从恶化到治疗可能颇费时间。出于预防目的，最好从孕期就认真做盆底肌运动。产后也应尽量早点开始，这样比较见效。

盆底肌体操非常简单，在许多场合都可以进行。首先臀部肌肉用力，收缩肛门，坚持数到 10 后，由口缓缓吐气，放松。呼吸一下后，反复进行。10 次为一组，1 天最少做 5 组才会有效果。当然这 5 组不必连续做，可分为数次进行。

产后腰痛完全恢复前，抱孩子要小心。临近分娩，体内会分泌一种激素，以使骨盆松弛，方便胎儿顺利娩出。但是这些激素在使骨盆松弛的同时，也使身体的其他关节松散起来，因而易引起腰痛。另外，随着胎儿的生长、体重增加的同时,准妈妈容易采取不自然的姿势,从而造成脊椎弯曲等,引发腰痛。虽说妊娠带来的症状产后大多会得到改善,但也有长期不愈,最终恶化的例子。

因分娩骨盆内发生错位或腰痛未愈而抱孩子,会给脊椎增加额外的负担,从而使腰痛恶化。因此,产后在身体未彻底康复之前,不宜拿重物。抱婴儿时,应采取正确的姿势。

腰痛严重时,应尽早到医院诊治。

38. 临产前的准备:下蹲运动

开始时你会感到完全蹲下有些困难,所以可以先扶着椅子练习。两脚少许分开,面对一把椅子站好,保持背部挺直,两腿向外分开并且蹲下,用手扶着椅子。只要觉得舒服,这种姿势尽量保持得长久一些。

如果感到两脚底完全放平有困难,可以在脚跟下面垫一些比较柔软的物品,起来时,动作要缓慢一些,扶着椅子,不要过于快捷,否则可能会感到头昏眼花。练习这种动作会使骨盆关节灵活,增加背部和大腿肌肉的力量和会阴的皮肤弹性,有利于顺利分娩。

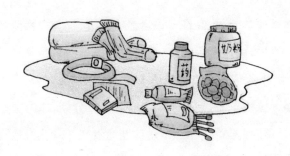

生活的全部意义在于无穷地探索尚未知道的东西,在于不断地增加更多的知识。

——左拉

39. 临产前的准备:盘腿坐练习

保持背部挺直坐下,两腿弯曲、脚掌相对。尽量靠近你的身体,抓住脚踝,用两肘分别向外压迫大腿的内侧,使其伸展,这种姿势每次保持 20 秒钟。重复数次。

如果你感到盘腿有困难,可以在大腿两侧各放一个垫子,或者背靠墙而坐,但要尽量保持背部挺直。你可以两腿交叉而坐,这种坐姿,你也许会感到更舒服,但要注意不时地更换两腿的前后位置。

这项锻炼可以增强背部肌肉,使大腿及骨盆更为灵活,并且能改善身体下半部的血液循环,使两腿在分娩时能很好地分开。

40. 准妈妈参加游泳锻炼好处多

有人认为,对于准妈妈来说,最有效果最安全的运动是游泳。游泳是使臂和腿的大肌肉得到运动,而且提高心肺机能的理想的运动。随着胎儿的发育,日渐增大的腹部不再很好地起着固定脊柱和胸廓的作用,因此,准妈妈经常发生腰痛和坐骨神经痛,为了预防背部的这些毛病,增强准妈妈体质,则必须进行适当的体育锻炼。

游泳是国外一些专家提出的新理念。游泳能改善心肺功能,增加身体的柔韧性,增强体力,是一种适合准妈妈进行的运动。游泳能大大促进准妈妈的血液循环,因为母体的血液不但负责运送胎儿发育所需的营养物质,并将胎儿排出的废弃物排出。

职业游泳女教练、热带地区经常游泳的女性及长期从事水上作业的如日本下海采贝的妇女、女潜水员等，怀孕后经常训练，分娩时大多都顺产。

但准妈妈也要选择正确合理的时间进行游泳练习。最佳的游泳时间是在怀孕 5~7 个月，因为胎儿这时候着床已经稳定，各器官生长到位，生理功能开始发挥作用。孕晚期，为避免羊水早破和感染，应停止游泳运动。

准妈妈应该选择仰泳，在水中漂浮、轻轻打水都是不错的锻炼姿势，可以缓解腰痛；另外，训练时不宜剧烈动作，避免劳累。

选择卫生条件良好的游泳训练场地，并且有专职医务人员在场。一方面起到心理安慰的作用，另一方面，如果万一发生什么意外，专职医务人员会立即就地采取措施。国外有一些准妈妈游泳训练学校，帮助准妈妈进行运动。准妈妈在地面上不能进行激烈运动，在水中可以不增加身体负担来锻炼腰腿部的肌肉，在水中潜游还可以增加肺活量，使分娩时的准妈妈易于长时间憋气用力。

孕期进行体育锻炼恰似抱着婴儿锻炼一样，身体的负担会增加一倍。但是游泳则不一样。准妈妈进入水中后，体重由浮力支撑，从而使支撑子宫肌肉的负担得以缓解，腹肌和背肌也能得到休息，与没怀孕时一样感到轻松。

从上午 10 点到下午 2 点期间游 1 个小时最为适宜。与其一个人游，不如参加游泳培训班。准妈妈游泳的最佳水温和室温是30℃左右，如果能参加游泳培训班中的准妈妈班，那么无论是水温的管理，还是对准妈妈的关照，都会妥善解决。

准妈妈游泳必须进行以下步骤：准备体操、呼吸法与放松、潜水、仰泳、结束体操。下面是准妈妈游泳的大致步骤。

(1) 测体重、体温、脉搏、血压、检查健康状态。

(2) 沐浴、做准备体操。

(3) 按仰泳、仰浮、自由泳、蛙泳、侧泳、海豚式游法、蝶泳的顺序练习,也练潜泳。

(4) 通过自由练习补充各自的运动量不足。

(5) 做体操、沐浴、洗眼。

(6) 测体重、体温、脉搏、血压、检查身体有无异常。

用自由泳或仰泳等各种游法,有节奏地进行呼吸法练习,可强化腹部和大腿的肌肉,能够掌握肌肉紧张和放松的要领。

潜水对分娩时的憋气非常有用。分娩时必须暂停呼吸,憋一大口气。如果憋气短,胎儿难以娩出,会使产程延长。如果通过潜水,掌握憋气要领,由于深吸气长憋气,胎儿能尽快通过产道,从而可缓解分娩痛苦,缩短产程时间。

海豚式游泳和蝶泳可强化背肌和腰肌,消除其周围的淤血。游泳结束后,腰周围的酸胀就会消除,感到轻松愉快。

准妈妈游泳,还能解除腰腿怕冷及腰痛、疲劳等症状,注意力会更加集中,分娩时的阵痛也会得以缓解。如果在离你家有 1 小时之内能到达的地方有游泳设施,是否可以去试试呢?

41. 准妈妈也能开怀畅游

过去,准妈妈是被禁止游泳的。其理由是准妈妈接触冷水可使末梢毛细血管收缩,血压上升,进而导致妊娠高血压综合征;冷水会引起子宫收缩,有发生流产、早产之虞。

现在,这种观点已经发生了改变。在我国以及日本、美国、法国等不少国家,越来越多的准妈妈开始参加游泳运动,甚至还倡导在水中分娩。从运动生理学角度分析,只要注意科学性,根据个人具体情况掌握好水温、运动量和游泳方法,游泳对准妈妈的身体和胎儿的发育都是有好处的。

准妈妈游泳时，沉重的妊娠子宫受到水浮力的支持，能够减轻支撑妊娠子宫的腰肌和背肌的负担，从而缓解或消除孕期常有的腰背痛症状。

准妈妈游泳时，由于身体成水平姿势浮游，水的浮力减少了重力的影响，可以减少胎儿对直肠的压迫，促进骨盆内血液回流，消除瘀血现象，有利于减少便秘、下肢浮肿和静脉曲张等问题的发生。

游泳时，水对胸廓的压力可以使呼吸动作加强，增加肺活量，这有利于准妈妈日后在分娩时长时间地憋气用力，缩短产程。据报道，日本妇女的平均分娩时间为初产 15 小时、经产 10 小时，而有游泳训练的准妈妈初产是 9 小时、经产 5 小时 40 分。

水的导热性比空气大，在水中活动比在陆地上活动消耗能量多，准妈妈经常游泳可帮助消耗部分过剩的热量，防止妊娠高血压综合征的发生。

在水中体位的变化，有利于纠正胎位，促进顺产。日本川崎市多摩川游泳学校的石冈一教授曾对参加游泳训练的 700 名准妈妈进行过追踪观察，发现顺产率达到 75%，而不参加游泳训练的准妈妈，顺产率只有 48%。同时，不少异常胎位也得到了自然纠正，且未发生一例流产事故。

游泳时，两臂划水同时两脚打水或蹬水，全身肌肉都参加了活动，再加上水对皮肤血管的"按摩"作用，促进了血液流通，这既有利于增强准妈妈体质，又有利于胎儿更好地发育。游泳尚可兼收日光浴之益。

孕期经常游泳还可以改善情绪，转移注意力，减轻妊娠反应，减少孕期头痛，对胎儿神经系统的发育也会有良好的影响。

世界上最快而又最慢，最长而又最短，最平凡而又最珍贵，最易被忽视而又最令人后悔的就是时间。

——高尔基

孕期经常游泳,还可帮助准妈妈保持健美的体型,尤其对分娩后的体型恢复大有好处。

42. 准妈妈游泳前的准备

选择水质、清洁度、过滤消毒设备完善,管理好的游泳场馆,以保证游泳时的卫生和安全。

要考虑室内温度及通风情况,以防锻炼或休息时不会因为环境温度等不适条件而感冒。

游泳之前必须办理健康证,如有心脏病、肝炎、皮肤病等疾病严禁游泳,应对自己,对他人的健康负责。

游泳池的水温不能太凉,太凉的水可能引起子宫收缩或出现蛋白尿。

在下水之前应先沐浴,将身上的汗渍冲洗掉

再游泳,这样可以使自己很快适应水温,同时维护池水清洁。

在游泳之前要补充一定液体食物和营养。准妈妈容易脱水,这是由于液体补充不足而引起的。游泳时人虽然在水中,但毕竟是在运动,要消耗你的能量,只是你感觉不明显而已。

运动前不要过饱或过饥。过饱增加身体负担引起不适,过饥能量补充不足,易发生晕眩。

下水前应活动一下身体,以防在水中发生腿抽筋。

43. 准妈妈游泳时应注意的问题

在孕中期,胎儿状态较为安定,所以准妈妈可进行简单的运动,使未来的分娩过程更为顺利。适度的运动对胎儿非常重要。准妈妈游泳必须注意安全,具体应注意以下几点:

(1) 要学会放松全身、漂浮在水面的方法。因为分娩要重复全身紧张和放松的运动。如果能学会全身放松,对分娩过程很有帮助。

(2) 在水中憋气或练习用力、练习盘腿,使平常很少用到的肌肉变柔软,这些对准妈妈都很有帮助。适量的游泳可以消除浮肿,以及全身倦懒的感觉。

(3) 并非每个准妈妈都能游泳或能在任何地方游泳;下水之前,必须先量血压和脉搏,以及做各种检查。合格的人在水温 29~31℃、并有专门教练的条件下,才能下水游泳。

(4) 准妈妈游泳有安产的作用,如果贸然进入冷水中游泳,可能会有不良的影响。

(5) 如果水温在 28℃以下,会使子宫紧张,可能导致早产或流产。游泳时,要选择子宫不易紧张的时间(上午 10 点至下午 2 点),如果水温太高,会有疲倦感。

(6) 游泳时间以 1 小时为宜。最好在上午 10~12 时进行,而傍晚到夜里是一天中阵痛发生最多的时候,所以应该回避这个时间。至于游泳次数,每周不应少于 2 次,间隔延长会减弱效果。

(7) 当室温和水的温度低于 30℃时,准妈妈不能下水游泳。游泳后出现的流产大概是由于受凉感冒而引起,所以注意保暖很重要。

(8) 游泳时动作要稳健和缓。入水时千万不可纵身跳水,并防止其他人碰撞腹部。在妊娠 9~10 个周期间,由于蛙泳易使髋松动,因此慎用这种游姿。

(9) 一定要按照个人的具体情况,适当地掌握游泳强度,不可勉强去游。国外准妈妈能坚持游泳到孕晚期甚至临产前,是因为她们大多数在妊娠前就已从事这项运动,有游泳锻炼的基础,并不是怀孕后才开始游泳的。因此,怀孕前不会游泳的人游泳要慎重。

(10) 妊娠未满 4 个月或有过流产或早产、死胎史及阴道出血和腹部疼痛者,或患有心脏病、妊娠高血压综合征、慢性高血压、癫痫症,以及患有耳鼻喉方面疾病的准妈妈应禁止游泳。

(11) 不要潜入水中。潜水可能给腹部造成过分的冲击,整个孕期都应避免挤压和震动腹部的运动。

(12) 不要脚朝下跳入池中。脚朝下跳水容易使水进入阴道,造成感染,同时跳水易对腹部造成冲击。要缓慢地使身体进入水中。

(13) 游泳时应有人在旁或在岸上监护。

(14) 运动时间不宜太长,应以运动结束不觉太累为宜。

(15) 请不要穿着湿游泳衣到处乱坐,不要借用或租用游泳衣游泳。细菌也喜欢阳光、沙滩和水,越热越潮湿,细菌繁殖得越快。如果穿着湿游泳衣到处乱坐,细菌容易侵入阴道繁殖,引起阴道炎。

(16) 游泳以后一定要将身体冲洗干净,但蒸气浴则应禁止。立即解小便,可预防阴道炎发生。用氯霉素眼药水点眼,以防眼睛感染病菌。游泳后体表温度有所降低,要注意保暖。锻炼后要及时补充液体。游泳之后如果感到腹部疼痛,发现出血现象,要立即找医师或助产士询问清楚。

爱心提示

　　不会游泳或游泳技术不熟练的准妈妈,最好不要选择在孕期间学习游泳,可以选择其他的锻炼方式。

　　有习惯性流产史的准妈妈,尽量不要选择在孕期游泳。

　　在孕晚期,怀孕 7 个月以后,不宜游泳,以免发生羊水早破等意外情况。

　　只要做到了上面所交待的事情,准妈妈就可以安全、开心地游泳去了,这项运动对你和孩子的健康都有好处。

44. 准妈妈游泳的利与弊

游泳对于怀孕4个月以上的健康准妈妈来说，就像散步、做操一样，都是比较好的锻炼方式。比较陆上运动，准妈妈在水中运动的好处是身体负担非常小，这样就能轻松锻炼腰腿部肌肉。

另外游泳耗能较多，可以在比较短的时间去掉准妈妈身体上过多的脂肪，游泳技术好的准妈妈还可以通过潜泳等方式增加肺活量。

此外，游泳锻炼还能明显减轻准妈妈孕期间的腰痛、痔疮、静脉曲张及有效纠正胎位异常，这些都可以促使准妈妈分娩更加顺利。

国外的有关统计数据也表明，参加过游泳训练的准妈妈不仅顺产率远远高于普通产妇，并且产程能缩短一半左右。所以游泳对准妈妈好处颇多。

身孕未满4个月或有流产、早产、死胎病史及阴道出血、腹部疼痛者，或患有妊娠高血压综合征、心脏病的准妈妈们，都是不适合游泳的。

而且，准妈妈游泳对水质要求较高，游泳池的水必须经过严格消毒，如果某些细菌含量超标，就有可能引发妇科炎症，一旦用药治疗还有可能对胎儿发育造成影响。

另外，怀孕8个月以上的准妈妈也不再适合游泳，因为此时腹部迅速增大，体重明显增加，行动也会变得迟缓和吃力起来，在游泳池活动难免会发生意外，最好每天散散步就可以了。

45. 增强骨盆底的肌肉运动

骨盆底是支撑肠、膀胱以及子宫的肌肉吊带。妊娠期间，这些肌肉变得柔软且有弹性，加上胎儿的重量，就把它们推向下并显得软弱无力，于是使你感到沉重并且不舒服。每当你跑步，打喷嚏，咳嗽或大笑时，也可能有少许尿液漏出。为避免发生这些问题，加强骨盆底肌肉的锻炼是很重要的。

仰卧，两膝弯曲，双脚平放。好像要中止排尿那样地用力收紧肌肉。你可以想象正在将某物拉入其内，轻轻往里吸，然后停顿，再用力缩紧，直到你再也使不出更大力气为止，此状态维持片刻，然后逐渐放开。重复做 10 次。

要经常做这项运动，每日至少练习 3~4 次。一旦做熟练了，在任何时间，任何地方你都可以练习，无论是躺着，坐着或站着都可以。你会发现这项练习在第2 产程时是很有用的。你知道了如何能使肌肉放松，到时婴儿就能顺利地通过骨盆通道，从而减少了会阴撕裂的危险。

46. 孕期运动

(1) 散步:散步是准妈妈较好的运动方式,胎儿得到适度的晃动,有利于神经发育,是最好的胎教。

(2) 游泳:大大减轻了妊娠带给你的腰酸背痛,胎盘、子宫的血液循环在此时也达到最佳状态,有利于胎儿供氧。特别提示:注意泳池和泳衣的卫生。

(3) 柔软操:通过做柔软操,加强腰部、骨盆肌肉的动作,为分娩做准备。

(4) 下蹲运动:"蹲下来"有助于骨盆肌肉运动,增加其弹性,是最好的助生运动。

47. 你了解运动胎教吗

有益。一个人追求的目标越高，他的才力就发展得越快，对社会就越

—— 高尔基

运动胎教，即锻炼胎儿运动能力的胎教。它主要包括两个方面的内容，一是准妈妈自身进行适度的活动，另一个是准妈妈对胎儿的活动。作为准妈妈，在整个孕期避免过度疲劳和剧烈运动是必要的，但也不能过多地休息或卧床，可以做轻松的体操、短距离散步等适当的运动。

从怀孕 3~4 个月起，准妈妈平卧尽量使腹部放松，用双手捧着胎儿，用一个手指压一下然后放松，这样做胎儿会有反应，每天傍晚(不要夜间)可指定时间同胎儿的头部、躯干和四肢接触，于是，妈妈可轻轻推动胎儿，使之在子宫内"散步"，进行体育锻炼，以利于婴儿出生后肌肉发育。

特别是在孕晚期，准妈妈在睡觉前，可对胎儿进行抚触训练，以激发胎儿运动的积极性。有人证明，经过这种训练的婴儿站立和行走都早于未训练者。当然，这些活动应在医师的指导下进行，不可过度。在胎动频繁时就不要进行，以免发生脐带缠绕等意外事故。十二项胎教运动，每个运动都各具特色。

(1) 早晨散步是最适宜准妈妈的运动。早晨在林间散步，林间空气清新，可改善和调节大脑皮质及中枢神经系统的功能，又增加抵抗力，有防病保健之功效，更有利于胎儿的发育。

(2) 准妈妈足尖运动。

(3) 踝关节运动。

(4) 搓脚心运动。

(5) 膝胸卧位。

(6) 骨盆韧带运动。

(7) 盘腿坐。

(8) 盆底肌肉运动。

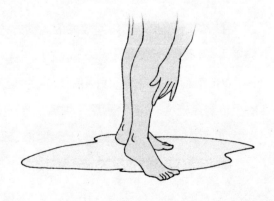

(9) 站立。

(10) 行走。

(11) 手指健脑操。

(12) 腹式呼吸。

48. 让你的腿越来越瘦

按摩虽然对下肢循环不佳的人不错,但准妈妈按摩要特别注意。一般静脉曲张治疗,常说要用力从脚踝到大腿由下往上的方式按摩,把下肢阻塞的栓子"推掉",但对于循环不良的准妈妈来说,若栓子推掉了,可能会阻塞其他小血管,严重可能造成心肌梗死,因此,准妈妈一定要每天按摩脚,但要轻轻按,不能太用力!

美腿秘诀:睡了一觉后,人的脚都会较浮肿,若晚上就做抬脚运动,第二天早上就会再变肿,脚等于白抬了。而抬脚其实只要抬 15 分钟就好,超过 30 分钟脚反而会麻痛。

泡澡:准妈妈泡热水澡容易造成胎儿神经管缺损,不过那是在孕早期,孕晚期时可以泡一下热水澡,只要不泡太久,水不太热,也有助腿部的肌肉放松及收缩。

先生帮忙提重物:准妈妈在家也不想不做事,往往喜欢做家事;千万不可以提太重的东西,否则腹压太大会造成屁股变大腿变粗。

穿弹性袜:是治疗脚的静脉曲张保守疗法的首选,但准妈妈只能穿"预防性弹性袜",压力只能在

2.5千克以内,否则压力太大对胎儿有害,而穿一般弹力较强的丝袜也行,但千万不能穿裤袜,高度最高只能到大腿,否则压迫到骨盆腔,准妈妈和胎儿都不舒服。

在天才和勤奋两者之间,我毫不迟疑地选择勤奋,她几乎是世界上一切成就的催产婆。

——爱因斯坦

49. 盆底运动怎么做

盆底肌肉形成漏斗形状支撑着子宫、肠和膀胱。尿道、阴道和直肠都穿过盆底。孕期间,孕激素增加,使肌肉变得柔软、松弛。你必须加强锻炼才能保持盆底良好的张力。

收紧阴道和肛门周围的肌肉,就像你在中断排尿时那样。尽可能保持一段时间,然后放松,每天重复做25次以上。

为了预防各种脱垂,应该在分娩后立即重新开始这种锻炼。尽早锻炼也可以在今后性生活时增加阴道弹性。如可能的话,可以把这种锻炼作为你的日常锻炼之一。

50. 妊娠与健美

妇女开始承担孕育人类后代的伟大使命,身体从内脏到外表都会发生很大变化。有些妇女在怀孕后,常常为自己面部皮肤、体形、体重、乳房和胸肩髋部的变化感到烦恼,这是大可不必的。

妊娠3个月以后,有些准妈妈的面部常出现色素沉着,在前额和两颊更为明显,开始淡黄,继而棕色、暗棕色,这就是"蝴蝶斑",

这与孕期间肾上腺皮质功能亢进,或者由于垂体分泌较多的黑色素刺激有关。准妈妈的腹部、乳晕周围等也都有不同程度的色素增加。

随着妊娠月份的推移,或者过多的日光照射会使颜色加重。爱美是人的天性,蝴蝶斑常使准妈妈镜前自叹,但这种代价却换来了一个可爱的后代,这正是人类母亲的可贵之处。

更值得欣慰的是在生过孩子以后 3~6 个月,大部分蝴蝶斑可自然消失。如果不继续怀孕,残余的蝴蝶斑在 2 年左右可全部消失。如果在产后半年色素丝毫不见减退者,不妨试用祛斑净,可收到一定疗效。

妊娠妇女由于某些腺体分泌液的作用,皮肤可能变得干燥,只要多用一些润肤膏,即可恢复皮肤的光泽、红润和柔软。另外,准妈妈头发油质减少,甚至头发干裂,可用洗发剂经常洗发,头发便能保持蓬松和色泽。

在孕期间,准妈妈的体重增加是很明显的,即使孕前身材十分苗条的妇女,此时的体形也相当笨拙。

因此,有些妇女处在又想让孩子长得大,又怕自己显得胖的矛盾之中。实际上这些担心是没有必要的,因为准妈妈体重增加是怀孕的必然结果。体重增加是由于两方面的原因造成的:从局部说,胎儿逐渐长大,子宫为容纳胎儿,也要跟着增大,再者是胎盘形成和羊水的充盈;从全身说,机体的新陈代谢增强,脂肪沉着,水分潴留,蛋白也有储藏。

因此整个孕期准妈妈体重增加是正常的。那种靠限制饮食来保持孕期体形美的做法是错误的。这种做法会造成准妈妈营养缺乏。而胎儿为了自己的发育需要,又要获取母亲的营养,结果准妈妈、胎儿的营养都处于不饱和状态,这不但影响准妈妈和胎儿的健康,也使准妈妈面色显得更加憔悴。

当然,有些饮食限制摄入还是有道理的,例如,过多的摄入食盐,会增加水分在体内的潴留,引起水肿,增加心脏和肾脏的负担。

妇女怀孕后,乳房变得饱满而隆起,乳头长大,同时臀部也变得丰满而突出。有些妇女对此也感到烦恼,怕影响自己的健美。实际上这些变化正是为未出世的孩子创造良好的生活和生存条件,是准妈妈能适应怀孕和哺育后代的标志。事实上妇女的美不但体现在容貌上,也表现在体型上,没有丰满的乳房和臀部的衬托,其美是不完全的。当然任何事情都不应是绝对的,过大或下坠的乳房当然要影响准妈妈的体型美,我们所指的是准妈妈在怀孕和哺乳期,尽量不要限制乳房的发育。

51. 常见的产前运动

产前运动的目的:

① 减少阵痛时的疼痛。

② 减少分娩时情绪及全身肌肉的紧张。

③ 增加产道肌肉的强韧性,以便分娩顺利。

④ 帮助缩短产程。

产前运动的施行时间:怀孕满七个月,即可开始。

产前运动的注意事项:

① 做前先排空膀胱。

② 最好选硬板床或在地面上做,坐姿亦可。

③ 穿宽松之衣服(解开带扣)。

④ 最好在就寝前和早餐前做。

⑤ 方法要正确,注意安全。

⑥ 次数由少渐多,勿过劳累。

(1) 腰部运动:

① 目的:分娩时加强腹压及会阴部之弹性,使胎儿顺利娩出。

② 动作:手扶椅背慢吸气,同时手臂用力,脚尖立起,使身体同上,腰部挺直,使下腹部紧靠椅背,然后慢慢呼气,手臂放松脚还原,早晚各做 5~6 次。

(2) 腿部运动:

① 目的:加强骨盆附近肌肉及会阴部弹性。

② 动作:以手扶椅背,右腿固定,左腿做 360°转动(划圈)做毕还原,换腿继续做,早晚各做 5~6 次。

(3) 腹式呼吸运动:

① 目的:阵痛时可以松弛腹部肌肉减轻痛苦。

② 动作:平卧,腿稍屈,闭口,用鼻吸长气,使腹部凸起,肺部不动,吸气越慢越好,然后慢慢呼出,使腹部渐平下。每日早晚各做 10~15 次即可。

(4) 闭气运动:

① 目的:在分娩时子宫口开全后做,此运动可加强腹压、助胎儿较快产出。

② 动作:平躺深吸两口大气,立即闭口,努力把横膈膜向下压如解大便状。(平时在家练习时勿真的用力)每日早晚各做 5~6 次。

(5) 胸式浅呼吸运动(哈气运动):

① 目的:在分娩时,胎头娩出,做此运动,避免胎儿快速冲出,而损伤婴儿或致产妇会阴之严重裂伤。

② 动作:平躺,腿伸直,张口做浅速呼吸每秒钟呼气 1 次,每呼吸 10 次必须休息一下,再继续做,早晚各做 3~4 次。

52. 你也可以尝试的产前运动

(1) 姿势:缩臀、肩微向后,两臂放松、抬头、收下巴,要经常保持良好的姿势,可以避免腰酸背痛。

(2) 减轻疲劳预防腰酸背痛的运动方法:平躺、膝盖弯曲双脚底平贴地面,同时下腹肌肉收缩使臀部稍微抬离地板,然后再放下,作运动时同时配合呼吸控制,先自鼻孔吸入一口气,然后自口中慢慢吐气,吐气时将背部压向地面至收缩腹部,放松背部及腹部时再吸气,吐气后会觉得背部比以前平坦。

(3) 伸张动作:有助于增强骨盆底部肌肉的韧性及伸展大腿的肌肉。坐在地板上,两足在脚踝处交叉轻轻地把两膝推向下,或两足底相对合在一起,且向下轻压两膝。次数:每天 2 次,每次 20 遍。

(4) 平躺,两手置身旁两侧作一个"廓清式呼吸"。慢慢抬起右腿,脚尖向前伸直,同时慢慢自鼻孔吸入一口气注意两膝要打直。然后脚掌向上屈曲,右腿慢慢放回地上同时自口呼出一口气。接着左腿以同样动作做 1 次。注意吸气和呼气,要与腿的抬高及放下配合进行,当抬腿时两脚尖尽量向前伸直,腿放下时脚掌向上屈曲,膝盖要保持挺直,每脚各做 5 次。

(5) 平躺,手臂和身体成直角向外伸开,作"廓清式呼吸"即深吸一口气,大力吐一口气。慢慢抬起右腿,脚尖向前伸直,同时自鼻孔吸入一口气,再自口吐气时,脚掌向上屈曲,同时右腿向右侧外方伸展,慢慢放下右腿,使靠近右手臂位置。再将脚尖向前伸直,自鼻孔吸气并抬高右腿,接着一面自口吐气,一面将右腿放回最初位置之地板上。左腿同样做 1 次,注意没有抬高的一腿要保持平贴地面。每一脚各做 3 次。

53. 为分娩进行形体锻炼

如果你事前做好了身体与心理的准备,分娩时可能会更适应一些。在孕期间做下列锻炼是有用的,下蹲和盘膝而坐将增强腿部肌肉的力量,也增加盆腔的血液循环,使关节更柔韧,你会觉得分娩更容易。通过这些锻炼,骨盆可以得到充分伸展,有助于会阴组织放松。

每次锻炼后,要花 20~30 分钟来放松,如闭上眼睛 5~10 分钟,把双脚抬高,这样休息一会儿就可以完全消除疲劳;紧张有可能加剧疼痛,学会放松的方法,在分娩时特别有用。把注意力集中在呼吸的节律上,能减少焦虑,保存精力。

(1) 盘膝而坐:坐在地板上,双脚前伸。保持背部伸直,弯曲双膝,使双脚掌合拢,然后尽可能把双脚拉向腹股沟,大腿向外翻,使双膝尽可能向下压。放松双肩和后颈,作深呼吸。呼吸时把注意力集中在骨盆,呼气时全身放松,吸气时脊柱升高和伸展,骨盆保持不动。开始时,可用垫子或毯子垫在大腿下或靠墙壁坐,这样要容易一点。

(2) 下蹲:站立背伸直,双脚分开,相距 45 厘米,下蹲,尽可能低一些,用肘部使双膝分开。脚跟触地,身体重量均匀地分布在脚掌上;如果脚跟抬起也不用担心。保持几分钟,如果觉得舒服,可多保持一会儿。然后朝前跪下或起立。下蹲可以成为你日常生活中的习惯动作,如果你从低处拿东西时应采用这个姿势。

(3) 保持平衡:如有必要,扶住某个东西下蹲比较安全,例如椅子、矮凳或窗框,为了在下蹲时保持平衡,可在脚跟下面垫一条毛巾,也可以靠墙下蹲。蹲下使骨盆放松,伸直并紧绷大腿及背部肌肉,减轻腰背部。

(4) 放松:随着腹部的增大,你可能会觉得平卧位时,头上枕一个垫子更舒服。抬高双脚,把小腿放在椅子或床上。把双脚抬高放在椅子上,可减轻踝和脚的肿胀。

(5) 躺下:侧卧,头下放一个枕头,上肢弯曲,上面腿的膝下放一个枕头,下面腿伸直。闭上眼睛,把注意力集中在呼吸上。排出杂念,深吸气,数到 5 才出气,放松身体的各部位。这种姿势躺下,可减轻主要血管和腹部的压力。

54. 产前必须学习的松弛技巧

分娩前孕妈妈如果希望能控制自己的情绪,最好的办法就是学会松弛技巧。

(1) 意想锻炼法。采取舒适的姿势。深吸一口气并屏住 4 秒钟,慢慢数至 5,然后呼出。使所有肌肉松弛。集中呼吸并重复 2~3 次,直至完全松弛为止。回想一下过去最愉快的事情。

（2）全身松弛法。仰卧取舒适位置或用软垫垫着。闭目，注意力集中在右手，收紧一会儿后放松，手掌朝上。觉得手有沉重感和热感时，朝地板或软垫方向按压肘部，放松。此时通过你的身体右侧、前臂和上臂向肩部收紧。耸肩后放松。重复做身体左上侧。你的手、手臂和双肩将有沉重感和热感。双膝翻向外侧，放松臀部，向地板或软垫轻压背下部。放松，让松弛气流进入腹部和胸部，使肌肉有沉重感和热感。呼吸应开始慢下来。此时放松颈部和颌骨，连同唇部、颌骨下垂，舌头放在口腔底部，面颊放松。

（3）精神松弛。通过有规律和缓慢地呼吸清除思想上的焦虑、担心和其他杂念，全神贯注做呼吸运动，十分缓慢和均匀地默念"吸气、屏住、呼气"。使愉快意念流通至头部，免除杂念。如出现任何烦恼的思想时，可在呼吸运动中默念"不要有杂念"或恢复全神贯注做深呼吸。紧闭双目，想像诸如清澈的蓝天或平静的蓝色大海，每次呼、吸气都要集中精力，倾听着你的呼吸。记住要保持脸部、眼睛和前额肌肉松弛，并使前额有凉感。每日最好按上述方法练习 2 次，共 15~20 分钟。在饭前不久或饭后 1 小时左右练习为宜。

55. 丈夫帮助妻子做孕期按摩

孕期按摩是安全的，但不能对腹部做剧烈的摩擦与按揉。你可能还会发现怀孕第一阶段结束后，俯卧很不舒服。有些按摩油收敛作用很强，也不能使用。

丈夫应该使用手指肚轻轻地、有节奏地捶打，然后用整个手掌按摩大的肌肉。手掌可以用来加大力量，手指节可以用小的区域按摩。你一边享受腹部及后背的按摩，一边想象腹中的胎儿。按摩时可加几滴精炼油或者植物油(如豆油、杏仁或者葡萄子油)以增加一些香气,天竺葵油或玫瑰油则更受欢迎。按摩能有较深的感生体验,帮助你储存能量及对将来的生活建立信心。

按摩时手臂及手均要放松。按摩要缓慢,手势要与身体的形状相吻合。背部按摩要重按,腹部则轻按。重按时,不要绷紧臂的肌肉,而是让上半身的重量通过放松的臂到达按摩的部位。肩部按摩时,按摩者用两个大拇指在脊柱两旁的空隙处按摩。腹部按摩一定要十分轻柔,好像在抚摸胎儿的头。腹部轻轻地按摩可帮助你放松,并可触及胎儿。可以想像胎儿对按摩也有反应。

从现在开始你能注意到胎儿也在运动,在踢腿,好像在敲打子宫,在玩耍。有时胎儿似乎在与按摩者的手玩耍。对父亲来说,与胎儿最初的接触就是通过这种触摸。

在孕早期可以趴在床上,面部朝下,以后可以坐在沙发或椅子上,把双臂放在椅子上,或侧卧在床上。

先暖好手,摘去饰物。加上芳香油,粉刺或是按摩膏有助于手掌或工具在皮肤上的滑动。不要用力按揉腹部与乳房。

56. 准妈妈应重视脚的保健

怀孕后负担最重的是心脏。由于子宫的增大提高了横膈,90%的准妈妈有功能性的心脏杂音,平均每分钟增加10~15 次心跳,心搏出量也增加25%~50%。

被称为是人体第二心脏的脚,在怀孕后的负担也不轻。首先要支持增加的体重(10~14.5 千克)脊椎前弯、重心改变,孕晚期由于松弛素的分泌,颈、肩、

腰背常常酸痛,脚更不堪重负,足底痛时有发生。

怀孕3个月后要穿宽松、舒适的鞋,前后留有1厘米余地。鞋底防滑、鞋后跟以2厘米为好。准妈妈的脚容易浮肿,最好选择柔软天然材质的软皮或布鞋,可有效减少脚的疲劳。合成革或不透气的劣质旅游鞋,沉重而且不透气,会使浮肿加重,鞋底滑,跌跤的可能性大。

适当身体运动不要忘记做几节足操:

① 用足缘行走。

② 用足趾行走。

③ 足趾捡物。

④ 手扶椅背,双足并拢,提足跟外旋。

怀孕后脚痛还有一种原因是平足。平时无症状,孕期的生理变化往往使平足加重。人体的足弓由横弓和纵弓组成。横弓在足底的前部,内侧纵弓较多,外侧纵弓较少。足弓正常时,站立和行走主要由第1、5跖骨头和跟骨负重,准妈妈常因为体重增加,使维持足弓的肌肉和韧带疲劳,不能维持正常足弓。足操有助于预防,而矫正平足鞋垫就是治疗了。这是根据个人足形,由变压泡沫做成鞋垫来矫治。其材质近似人体结缔组织,帮助足弓均匀分散和承担体重。

每日温热水足浴,还能让生完小宝宝的妈妈迅速恢复步态优雅风姿。

57. 瑜伽式产前锻炼

瑜伽和伸展在维持肌肉的健康状态的同时,能减轻关节等部分受到的压力。但是练瑜伽时,预先一周先走几步锻炼心脏后,进行此运动比较好。

进行全身锻炼,减轻因体重增加引起的紧张,增强主要肌肉的力量。如果在孕期你学会了如何轻松地活动骨盆,你就有可能在分娩时找到一个最合适的姿势。产前锻炼的主要倡导者,珍妮特·贝拉斯卡线专门研究了模仿瑜伽功姿势的产前锻炼。

(1) 前屈：

① 两脚分开，相距 30 厘米，双脚保持平行。双手在背后扣住，身体从髋部开始，慢慢向前屈，保持背部伸直。深呼吸几次，然后慢慢把身体抬起。

② 如果做完第一节练习能适应，就可以做此练习，在向前屈后，慢慢把手尽可能向头上方举高。

(2) 骨盆收缩：跪下匍匐，两膝分开 30 厘米，收紧臀部肌肉，使骨盆收缩，背部向上拱成弓状。保持此姿势一会儿，然后放松，不要让背下沉。做向上、向下轻轻摇动骨盆的运动。反复作几次。

(3) 后背放松：

① 平卧，双臂放在两侧，手心向下。双足蹬地，抬高骨盆，脊柱抬高到颈部一样高度，然后逐渐下降。吸气，然后随后背下降呼气。靠双臂支持抬高身体，增强大腿与后背肌肉。

② 让骶部触地，轻轻抱紧膝部，保持几分钟，作深呼吸。

③ 伸直右腿，放在地板上，轻轻抱紧左膝。换一条腿重作。

④ 弯曲双膝，两脚在踝关节处交叉。用后背支持在地板上，臀部顺时针作小圆圈转动。然后向相反方向转动。

(4) 脊柱扭转：双肩和双臂平放在地上，随着你呼气，慢慢将双膝转到右边，头转到左边。这样轻轻地扭转脊柱，保持一会儿，回到中间位置，双膝弯曲、放松。然后把双膝转到左边，头转向右边。重复以上动作。要伸开双臂，与肩平，手心向下。脚踝不交叉，双脚并拢，膝部弯曲。

58. 孕晚期的活动和运动

到了孕晚期，准妈妈的行走、睡眠等日常活动都会受到宝宝的影响，为了保证

孩子的健康成长和维护准妈妈自身的健康,怀孕以后应当注意保持正确活动姿势。

下楼时要握住扶手防止身体的前倾、跌倒。

上楼时拉住楼梯的扶手,可以借助手臂的力量来减轻腿部的负担。

平时行走时,应该抬头、挺直后背、伸直脖子、收紧臀部,保持全身平衡,稳步行走。

坐下时,最好选择用直背坐椅(不要坐低矮的沙发),先保持背部的挺直,用腿部肌肉的力量支持身体坐下,使背部和臀部能舒适地靠在椅背上,双脚平放在地上。

起立时,要先将上身向前移到椅子的前沿,然后双手撑在桌面上,并用腿部肌肉支撑、抬起身体,使背部始终保持挺直,以免身体向前倾斜,牵拉背部肌肉。

站立的时候,要保持两脚的脚跟和脚掌都着地,使全身的重量均匀地分布在两只脚上,双膝要直,向内向上收紧腹壁,同时收缩臀部,双臂自然下垂放在身体的两侧,头部自然抬起,两眼平视前方。

不要直接弯腰从地上拾起物品,以免用力过度导致背部的肌肉和关节损伤。应当先慢慢蹲下,拾起物品后再慢慢站起来。

当需要拿高处物品时,千万不要踮起脚尖,也不要伸长手臂,以免不慎摔倒,最好请家中的亲人帮助。

睡觉的姿势往往会影响睡眠的质量,到了怀孕28周以后,要避免长时间的仰卧,以免增大的子宫压迫下腔静脉,影响宝宝的发育,一般以左侧卧为主。起床时,如果你原来的睡姿是仰卧的,应该先将身体转向一侧,弯曲双腿的同时,转动肩部和臀部,再慢慢移向床边,用双手撑在床上、双腿滑到床下,坐在床沿上,少坐片刻以后再慢慢起身。

59. 准妈妈适度运动分娩时间可缩短 3 小时

妇女在怀孕期间如果保持适度运动,将可以使她们的分娩时间缩短多达 3 小时。怀孕时维持运动的产妇除了较快分娩,产后的恢复也比不运动的产妇要好些。怀孕期间运动的产妇可以将子宫开始收缩的第一阶段分娩过程缩短达 2.5 小时以上。在典型的例子里,分娩的第一阶段可从 14 小时减为 11 小时 20 分钟。第二阶段经常从 90 分钟缩短为 70 分钟,而在第三阶段胎盘开始脱落时,时间则可减半,从 15 分钟缩短到 7 分钟。

孕妇运动并不至于像原先所认为的会影响胎儿出生时的体重,而如果准妈妈只是适度的运动也不至于增加流产的可能性。诸如游泳之类的水上运动,尤其适合准妈妈。

60. 准妈妈要重视产前运动

产妇一般都忽略产前运动,她们的概念认为产后运动才最重要——好使身材能够早日恢复苗条,帮助恢复美好的身段!其实,适量的产前运动可帮助产妇松弛肌肉和关节,而呼吸控制的练习,可减少分娩时的痛楚及促使产程顺利。产前运动可于怀孕后 24 周开始至产前 1 个月进行,并于运动前先排清小便。

(1) 松弛身心的姿势:

① 仰卧,全身伸直,双手平放身旁;

② 头及双膝下都放一个枕头,使双膝屈曲;

③ 侧卧,单膝屈曲,中间放一个枕头。宜在午睡或晚间睡觉前做,同时保持

全身松弛,可使准妈妈降低精神压力及肌肉的紧张。

(2) 会阴肌肉运动:

① 仰卧,双手放在身旁双膝屈起,双脚微微分开;

② 用腹部吸气,然后慢慢呼气,并同时收紧腹部,臀部及大腿的肌肉(像忍大小便);

③ 数五下,然后放松。

④ 重复动作 5~10 次,每天可做多次练习。此动作可增强骨盘底肌肉的控制力、承托力,减低产前的抗拒力,使分娩能在轻松的情况下完成。

(3) 腰腹运动:

① 仰卧,双手按腹部,双膝紧并合,双足分开;

② 用腹部吸气,然后呼气,并收紧腹部使腰部凹陷处向下压;

③ 数 5 下然后放松。

④ 重复动作 10 次。此动作可增强腹部肌肉及矫正骨盆向前倾的姿势。

(4) 腰背运动:

① 双手及双膝贴在地上;

② 头俯低,背部向上拱,吸气,数 5 下;

③ 头微向上仰,背向下压,呼气;

④ 重复动作 3~5 次。此动作可松弛背部,防止酸痛,增强小腹,骨盆及背部的肌肉,可于怀孕 5 个月后开始练习。

(5) 腿部运动:

① 仰卧,双脚用两个枕头垫起;

② 脚趾及脚踝上下摆动,然后向左右打圈摆动;

③ 重复动作 10 次。此动作可促进腿部血液循环,减少水肿及抽筋等情况发生。如有抽筋时, 丈夫可替太太伸展脚踝约 10 秒钟,有治疗抽筋之效;按摩小腿也会令小腿

肌肉松弛。

(6) 腿内侧肌肉运动：

① 盘坐地上，脚底相对，吸气；

② 双手放在双膝上，然后慢慢将双膝向下按至大腿内侧肌肉拉紧，并同时呼气；

③ 注意会阴肌肉要放松，重复动作 3 次；

④ 此动作可舒缓腿内侧肌肉以适应分娩时姿势的所需，使产程顺利。可于怀孕 4 个月后开始练习。

(7) 屈膝动作：

① 站立，两脚分开，手握稳妥的扶手，吸气；

② 慢慢呼气并屈膝至臀部贴到脚跟；

③ 用脚力站起，重复动作 5~10 次。此动作能活动膝髋关节，以适应分娩时的姿势。

(8) 胸肌练习：

① 坐起，双手互扣在胸前，吸气；

② 双手用力互压并同时呼气；

③ 数10下，然后放松；

④ 重复动作 5~10 次。此动作可锻炼胸肌，增强对乳房的承托力。

(9) 呼吸运动：正确的呼吸控制及用力方法，更能使分娩过程更加顺利。

① 低程度呼吸：由鼻吸气，将空气吸至肺的底部，感觉下半胸及腹部扩张，由口呼气，速度较慢。

② 高程度呼吸：口微张开，用口轻轻吸气、轻轻呼气，只用肺的上半部，好像吹熄小蜡烛般毋需用力，速度较快。

当阵痛轻微(第一产程)时用低程度呼吸，阵痛加强时用高程度呼吸，当阵痛停止时，尽量放松身体，此时呼吸应以轻喘两下然后吹一下的形式进行，吹气时间较喘气时间长，好似"哈哈呜"；阵痛再加强时，再重复上述呼吸运动。

当进入第二产程(胎儿娩出)时,随着子宫的收缩,产妇深吸一口气,然后呼出,再深吸入一口气,闭着呼吸,收紧腹肌放松会阴肌肉,用力向前及向下"推"婴儿出来,直至婴儿慢慢地被接出母体。当婴儿头部将出母体时,医师或护士会吩咐产妇停止用力,此时产妇宜尽量放松,可做高程度呼吸。

此运动只适宜于分娩时使用,在没有医师护士指导时,切勿自我练习,以免婴儿有早产之虞。

61. 准妈妈须注意怀孕期间的正确姿势

(1) 站立时:需将身体的重量平均分布两足上,腰背保持挺直,避免弯曲身体及长时间站立。

(2) 坐:坐下时,腰背紧贴坐椅的靠背,以作支持,双足平放地上;需要时用物垫高双足。

(3) 提起东西:无论是搬提对象或扶抱小孩,应先将一足向前踏一步,然后屈膝提起,但背部仍需保持挺直。

(4) 起床方法:首先侧卧,以手支撑起身,然后才把双脚放下床沿。

此外,准妈妈应避免穿着紧身衣物,如牛仔服,橡筋头的三个骨或四个骨丝袜,以及穿着高跟鞋。

由于产前运动对某些准妈妈并不适合,运动次数及位置需按个别情况调整,所以产妇宜参加产前运动班,在医师指导下,按指示运动,使产妇得到最大裨益,避免不必要的意外发生。

62. 教你做产前运动

　　怀孕、临产阵痛及分娩都会给孕期女性的身体增加很大的负担。如果在孕期经常做一些适应性运动和练习,就能帮助孕期女性顺利度过孕期。另外,这些运动和练习,对分娩过程和产后体型的恢复,都有好处。

　　(1) 骨盆的运动和练习。

　　① 锻炼骨盆底的肌肉。

　　目的:骨盆底肌肉有支撑并保护子宫内胎儿的作用。女性怀孕后这些肌肉会变得柔软且有弹性,由于胎儿的重量,一般会感到沉重并且不舒服,到了孕晚期,甚至可能会有漏尿症状;在产后,由于下腹部肌肉的松弛,也影响体型。为了避免发生这些问题,孕期女性应该经常锻炼盆底肌肉。

　　方法:仰卧位,头部垫高,双手平放在身体两侧,双膝弯曲,脚底平放于床面,像要控制排尿一样,用力收紧骨盆底肌肉,停顿片刻,再重复收紧。每次重复做 10 遍,每日至少 3~5 次。

　　② 骨盆倾斜练习。

　　目的:这项练习可以活动骨盆,对将来的分娩很有好处,也可增强腹部肌肉并使背部更加灵活。如果患有背痛,此练习可以减轻症状。

　　方法:手臂伸直,双手掌、双膝支撑趴在床上,要设法保持背部平直。背部弓起,收紧腹部和臀部肌肉,并轻微向前倾斜骨盆,呼气;此姿势保持数秒钟,然后吸气,放松,恢复原姿势。重复数遍。注意练习时保持两肩不动。

　　(2) 盘腿坐练习。

目的：可以增加孕期女性的背部肌肉，使大腿及骨盆更为灵活，使两腿在分娩时能很好地分开，且能改善孕期女性身体下半部的血液循环。

方法：

① 增强大腿肌肉的坐姿：盘腿坐下，保持背部挺直，两腿弯曲，脚掌相对并使之尽量靠近身体，双手抓住同侧脚踝，双肘分别向外稍用力压迫大腿的内侧。这种姿势每次保持 20 秒钟，重复数次。

② 加坐垫的坐姿：如果感到盘腿有困难，可以在大腿两侧各放 1 个垫子，或者背靠墙而坐，但要尽量保持背部挺直。

③ 双腿交叉的坐姿：可以两腿交叉而坐，这种坐姿，也许会感到更舒服，但应注意不时地更换双腿的前后位置。

(3) 下蹲练习。

目的：练习这种动作会使准妈妈的骨盆关节灵活，增加背部和大腿肌肉的力量以及会阴的皮肤弹性，有利于顺利分娩。

方法：

① 无支撑的蹲姿：保持背部挺直，两膝向外分开并且下蹲，两脚掌稍外展，保持两脚跟接触地面，并且用双肘向外稍用力压迫大腿的内侧，借以舒展大腿的肌肉。只要觉得舒适，尽量保持这种姿势时间长一些。

② 扶椅子下蹲姿势：如果开始时感到完全蹲下有些困难，可以先扶着椅子练习。两脚稍分开，面对一把椅子站好，保持背部挺直，两膝向外分开并且蹲下，用手扶着椅子。如果感到两脚掌完全放平有困难，可以在脚跟下面垫一些比较柔软的物品。起来时，动作要缓慢一些，扶着椅子，否则可能会感到头昏眼花。

以上所介绍的几种产前运动，在熟练后，可以多练几次，但一定要量力而行，以不疲劳为度，如在练习时有不适感，应停止或休息片刻后再练习。

爬起来。我们最值得自豪的不在于从不跌倒，而在于每次跌倒之后都

——哥德斯密斯

63. 什么是拉梅兹分娩法

1952 年法国产科医师拉梅兹在一次机缘中接触到"心理预防法",不久他前往前苏联做进一步学习,加上后来他加入的呼吸技巧法,而完成这一套举世采用的"拉梅兹分娩法"。"拉梅兹分娩法",主要就是让准妈妈对于分娩这件事有正确的了解,清楚知道分娩时可能会有的状况,让阵痛来临时,能有经验、稳定地实施各种呼吸步骤,使得肢体及心理放松而降低因紧张引来的疼痛。因此在产前就必须训练各项运动以及呼吸技巧,才能水到渠成,发挥所学。

拉梅兹是利用巴甫洛夫的"制约原理":每当小狗看到食物就会出现流口水的自然反射行为, 于是让食物伴随铃铛声出现,经过数次经验后,下次当铃铛声响,并没有食物,小狗也会流口水。此原理运用到分娩时,则是阵痛时,将原本疼痛时立即出现的"肌肉紧张",转化成"主动肌肉放松",使得疼痛减轻,伴随呼吸技巧的步骤转换,度过各个分娩疼痛阶段。

拉梅兹学习以怀孕 6~7 个月时最为恰当,因为太早学可能会没耐心或后来就忘了,太晚学则可能无法熟练呼吸方法,肌肉运动也不足,在一般医院都有相关课程教学。要让拉梅兹发挥效用,就必须有恒心练习到熟练,让自己降低疼痛而感受生育下一代的喜悦,阵痛开始时,准妈妈一定要镇定,把所学的记忆依序发挥出来,勇敢面对分娩挑战。

64. 学习拉梅兹好处多多

学习拉梅兹并不能使分娩变得不痛，但是一个受过训练的产妇，因为了解分娩的状况，并且能转移疼痛到呼吸上，自然要比不了解时来的安心。因此学习拉梅兹绝对有它的效果，但是必须是完整学习并且熟练，阵痛时还要能临危不乱，才能发挥最大效果。学习拉梅兹可说是好处多多！

(1) 因了解而放松：随着分娩日子的接近，喜悦与紧张之情交织，学习了拉梅兹可让准妈妈对分娩一事，不再全然陌生，因为了解而放松，让分娩成为快乐期待的事。

(2) 夫妻之间关系更紧密：面对太太的怀孕，先生常是有心却不知从何帮忙，可透过拉梅兹的学习课程，让先生尽一份心力，并增加怀孕、分娩的知识，进而更能体会太太的心情。

(3) 透过练习，让分娩顺利：拉梅兹课程中，有一系列完整的训练步骤，可让准妈妈有足够的肌肉练习、放松技巧，因而安心地面对自然分娩。

(4) 以呼吸转移疼痛：当阵痛开始时，因为学习过拉梅兹所以产妇能够专心将注意力转移到呼吸技巧，减缓疼痛在心理上的压力。

65. 拉梅兹分娩法——待产按摩放松法

这项运动中准爸爸可要扮演重要角色，透过按摩能让太太感到舒服与放松，也是夫妻之间感情交流的好机会，不过要当一个好的按摩师，也是需要学习的，适当的技巧、力道，才能让被按摩者全身放松，准爸爸可以从每次为太太按摩中观察、询问她喜欢的方式,如此更能成为称职的按摩师。这些按摩平常即要多多练习,等待产时,准爸爸就可以将这套功夫施展出来,为太太达到放松的目的,按摩时最好是皮肤直接接触,不要隔着衣服。

(1) 脊椎按摩:准爸爸将两指张开,顺着脊椎两侧下滑,力道与速度要适当。

(2) 脊椎两侧拇指按摩:准爸爸以拇指指腹,沿着脊椎两侧,一节一节轻轻按压。

(3) 尾骶骨按摩:以手掌贴住尾骶骨部位,在原位轻轻画圆方式按摩。

(4) 大腿内侧按摩:用手在大腿内侧画圆,可避免腿部痉挛,并能放松会阴。

(5) 腹部按摩:准妈妈可以自己做,也可以由准爸爸帮忙,按摩方式由外向内顺着腹部做环形按摩。

66. 拉梅兹分娩法——产前运动

透过产前运动可以让肌肉更有弹性,尤其是分娩时需用力的部位,更能在训练中达到学习控制肌肉的感觉,而且多运动对身体也是有帮助的。准妈妈们要有恒心每天来做这些运动。

(1) 盘腿运动。增加骨盆底的可动性,以及肌肉的韧性。步骤:坐在地上,背部倚靠墙壁或沙发,两脚盘腿。可利用看电视时,每天固定练习几次。

(2) 压膝运动。增加骨盆底的可动性,以及肌肉的韧性。步骤:两脚底合在一起,将两脚及膝盖尽量靠近身体,双手置于膝盖上,温和下压,再轻放。每天做 3 次,每次压 5 下。

(3) 摇摆骨盆。使肌肉有力,减轻腰酸背痛。步骤:躺卧,吸气时收紧臀部肌肉,腰部有略为抬高的感觉,吐气时放松,有压住手背的感觉。每天 2 回,做 5 次。

(4) 变化式。更有效地减轻腰酸背痛,也可应用在背痛式分娩的人。步骤:跪

在地上,双手扶地,两膝与肩同宽,吸气时抬头,腹部朝地压,使背下沉,吐气时,收缩臀部,眼睛看肚子,将背及腰拱起,下巴缩进、放松。每天练习 5 次。

(5) 腿部运动——加强腹部肌肉,增加大腿及背部肌肉的韧性。步骤:平躺,手放于两侧,做廓清式呼吸,脚趾朝上,吸气慢慢举腿成 90°,吐气将腿放下,另外也可以将腿侧举 45°,再放下,两腿都要练习。每回举 5 次。

67. 何谓拉梅兹分娩减痛法

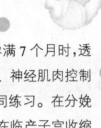

拉梅兹分娩法是一种心理预防法,在准妈妈怀孕满 7 个月时,透过医护专业人员有计划地教导夫妇有关怀孕的知识、神经肌肉控制运动、体操运动、呼吸技巧,然后经过夫妇不断地共同练习。在分娩时,夫妇共同在待产室及共同进入产房,以便太太在临产子宫收缩时,丈夫可以鼓励及协助太太主动运用自己的身体,适度地放松肌肉,减少分娩时子宫收缩引起的不适。

分娩的不适已被世人公认为是所有痛苦中最大的一种,造成如此不适的原因,经过多年的观察和研究,可归纳以下五种因素,拉梅兹分娩法,即针对以上之原因分析后,提供种种应对方法,使分娩的不适减低到最小程度:

(1) 缺乏知识。

(2) 身体肌肉不能放松。

(3) 子宫肌肉缺氧。

(4) 社会、文化所造成心理的影响。

(5) 生理上神经的传导。

68. 拉梅兹分娩减痛法的好处

(1) 夫妇对分娩有充分的心理准备,减少不安与紧张。

(2) 训练夫妇间的默契使双方有同心协力的感觉来迎接小宝宝。

(3) 使分娩过程更为顺利。

69. 练习拉梅兹分娩法的各项运动及呼吸技巧的注意事项

(1) 选择坚固平坦的木板床或地板做。

(2) 做前先解小便,并换上宽松的衣服。

(3) 在空腹时,或饭后两小时做。

(4) 次数由少渐增加。

(5) 练习时集中全力,教练能确实检查准妈妈所做是否正确。

(6) 练习时教练与准妈妈要互相配合,培养彼此间的默契。

70. 拉梅兹运动的种类、目的及做法

拉梅兹运动包括三项:神经肌肉控制运动、体操运动和呼吸技巧。

(1) 神经肌肉控制运动。

目的是分娩时使身体各部之肌肉自然放松,让子宫无拘束地工作,不致无谓地浪费体力。这一组运动每天至少练习一次。一次练习时间约 15~20 分钟。

① 廓清式呼吸：准妈妈背部平躺在地板上。头下、膝下各垫一个枕头，然后深深地吸气及呼气，全身放松，每项运动前后均须做此呼吸。教练在旁发口令，并检查准妈妈是否全身真正放松。检查法：可以检查手臂及双腿。教练将准妈妈检查的部位慢慢抬起时会感觉准妈妈肢体之重量，并且在教练放开准妈妈的肢体时，被抬起的部位会重重地掉下，这才表示完全松弛，否则应再继续发出放松的口令，直到教练觉得准妈妈被抬起的肢体已放松为止。

② 缩紧与松弛运动：当教练觉得准妈妈全身放松后，接下来的口令是：缩紧你的左臂、肩膀、叉、拳，紧张起来，伸直，并且抬高……此时，教练检查准妈妈左臂的紧张再检查右臂及两腿是否完全松弛，接着口令：放下手臂，放松、放松……这时准妈妈的手臂应完全松弛地放下。

(2) 体操运动。

① 双腿交叉盘坐：双腿交叉，盘腿坐在地面上，背部放松且稍微成圆形，准妈妈有坐在地面上的机会时，均可采此坐姿，如看电视、看书等，觉得疲乏时伸展一下小腿，再恢复原来的坐姿。

② 足对足，轻压双膝运动：

a. 准妈妈坐在地板上，将两足底合在一起，把脚尽可能拉近躯体。

b. 双手放在膝盖上，教练以双手支托准妈妈小腿。

c. 温和地向下连压三次会感到大腿内侧的肌肉在拉扯。

d. 若双膝碰到地板，则把躯体向前弯，会感到大腿上有很大的拉力。⑤做5~6次。

③ 抬臀运动：

a. 平躺、膝盖弯曲，双足底平贴地面，把整个背部、肩膀紧紧地压向地面。

b. 慢慢吸气同时下腹肌肉收缩，使臀部稍微抬离地板。

c. 慢吐气，把背部、腹部放松时，臀部放下。

d. 练习5次。

④ 举腿运动：

a. 准妈妈平躺,两手置两侧,作"廓清式呼吸"全身放松后慢慢抬起右腿,脚尖向前伸直,同时自鼻孔慢慢吸一口气,膝盖要伸直,另一腿要紧贴地面。

b. 由口慢慢吐气,脚掌向上屈曲,慢慢放下右腿。

c. 呼吸与动作要互相配合。

d. 两腿交替做,各做 5 次。

⑤ 举腿外展运动:

a. 准妈妈平躺,手臂和身体成直角向外伸开,先做廓清式呼吸,全身放松后,抬起右腿,脚尖向前伸直,同时自鼻孔慢慢吸入一口气。

b. 用口慢慢吐气,脚掌向上屈曲,同时右腿向右侧外方伸展与右手臂约呈 45°。

c. 脚尖向前再度伸直,自鼻孔吸气,并将右腿慢慢抬高、内收。

d. 用口慢慢吐气,并将右腿放回最初位置之地板上。

e. 没有抬高的一腿要保持平贴地面。

f. 两腿交替做,每只腿至少做 3 次。

(3) 呼吸技巧。

此项运动是临产时配合产程的进度所做的呼吸技巧,其目的是使大脑产生一个新的注意中心,来降低临产时子宫收缩所引起的不舒服,度过分娩过程中最困难的阶段。各项运动的做法如下:

① 初步阶段:在分娩早期,子宫收缩是间隔不太规则的缓慢波型出现,子宫口约开 3 厘米左右之阶段的呼吸技巧。

a. 随收缩波开始,先做廓清式呼吸,接着 6~9 次胸式呼吸,而以另一廓清式呼吸终了。

b. 其口令模式为:吸 2、3、4,吐 2、3、4,一次吸气吐气过程约 10 秒钟。

② 加速阶段是分娩中最久且最具活力的阶段,收缩波变得最高,而且持续最久,子宫口约开 4~8 厘米左右阶段的呼吸技巧。

a. 廓清式呼吸后随子宫收缩增强而加速呼吸,随子宫收缩减缓而减慢呼吸,最后另一廓清式呼吸终了。

b. 其口令模式为:吸 2、3、4,吐 2、3、4。吸 2、3,吐 2、3。吸 2,吐 2。吸、吐,

吸、吐。吸气吐气过程配合子宫收缩持续时间,约为 45~60 秒钟。

③ 转变阶段:转变阶段是第一产程中最强烈的阶段,子宫收缩波起伏而尖锐,子宫口开 8~10 厘米左右之阶段的呼吸技巧。

a. 廓清式呼吸后,连续"4~6 个"快速吸气及吐气,反复地做,直到子宫收缩结束,再慢慢深呼吸一次。

b. 其口令模式为:吸、吐,吸、吐,吸、吐,吸、吐。深呼吸一次。以上三个阶段之呼吸技巧,在家练习时必须模仿真正的子宫收缩时间,因此教练口令必须说:"收缩开始"、"收缩结束"。

④ 闭气运动:

a. 准妈妈平躺在地板上,两腿跷高贴放在椅子或沙发上,两膝屈曲,两腿分开,臀部移近椅子边缘,握住椅子的前两脚做为把柄。

b. 将力用在肛门上,就像解硬大便一样。

c. 其口令模式为:吸气……吐气……吸气……吐气……深深吸一口气……推(向下用力)用力……用力……直至子宫收缩停止,吐气。当子宫再次收缩时,再重复做。

d. 宜子宫收缩时使用,才能达到效果,预产期前三周每天练习 2 次即可。

⑤ 哈气运动:当胎头娩出到某一程度时,工作人员说:(不要用力),准妈妈即将口张开连续喘气直到想用力的冲动过去时为止。家中练习闭气运动时,丈夫可偶尔下口令:(不要用力),接着做哈气运动,要练习到有很快的本能反应才行。

惊的人却那么的少。令人沮丧的是,有那么多人对诚实感到吃惊,而对欺骗感到吃

——科沃德

第3章

准妈妈
运动保健

　　妇女怀孕是个生理过程，虽然为了胎儿的生长发育，准妈妈全身都发生了一系列变化，但一般情况下准妈妈都能胜任这个负担，能照常参加工作和适当地进行运动。

✤ 孕妇运动时要注意什么

✤ 运动伴您轻松度孕期

✤ 不是怀胎十月都能运动

✤ 准妈妈锻炼动作宜缓

✤ 适当运动会有益分娩

1. 孕妇运动时要注意什么

妇女怀孕是个生理过程,虽然为了胎儿的生长发育,准妈妈全身都发生了一系列变化,但一般情况下准妈妈都能胜任这个负担,能照常参加工作和适当地进行运动。当然,准妈妈的运动以不感到疲劳、不损害胎儿为原则:

(1) 并非所有的准妈妈都适合做运动。如果你有心脏病,或是肾脏泌尿系统疾病,或是曾经有过流产史,自然是不适于做孕期运动的。患有妊娠高血压综合征者,由于血压不稳定,也不适于运动。

(2) 如果你在怀孕前就经常锻炼,那么幅度较小的锻炼项目应该从始至终地坚持下去,但是时间和强度应该加以控制。如果你在孕前不经常锻炼,也应逐渐加强,一直到适当的程度。

(3) 怀孕头 3 个月最好不要做幅度和强度较大的运动,因为这时胚胎还没有牢固地扎下营盘,运动可能会导致流产;怀孕 7 个月以后也不适宜,这时宝宝已经长得很大了,运动有可能导致早产等问题。因此这类运动最适宜的时间段是从怀孕 4 个月开始,到 7 个月止。

(4) 孕期不可以做举重和仰卧起坐运动,因为它会妨碍血液流向肾脏和子宫,有可能影响胎儿发育,甚至导致流产。不要跳跃、猛跑、突然拐弯或弯腰,不可弯腰过度,也不要做时间太长、太累的运动。

(5) 要避免过热。当身体温度高于 39℃时,会对胎儿发育带来危险。因而在热天要避免运动,夏天锻炼的时间安排在一早一晚比较合适。而且要多喝水,充分休息。如果有任何异常,立即停止,尽快回家。

(6) 一定要听从身体的警告。有的准妈妈会突然感到头晕,呼吸不畅,或者心跳加快,重心不稳等,这在孕晚期尤为明显。每当出现这些情况时,就要立即停止活动,仔细观察。如有以下情况之一,请尽快就医:血压较高,降不下来;特别疼痛;阴道流血;羊水破出;心律不齐等。

(7) 如果你一直喜欢运动,妊娠后仍可进行,以不感疲劳或不感上气不接下气为限度,剧烈运动在孕期是不适宜的。如果平时无锻炼习惯,也不必为了妊娠去重新开始,可做些家务、散步、体操等。

(8) 尽量避免做任何可能损伤腹部危险的运动。

(9) 提倡做准妈妈体操,怀孕 3 个月起开始坚持每天做准妈妈体操,借以活动关节,使准妈妈精力充沛,减少由于体重增加及腹部渐渐隆起所致的重心改变而引起的肌肉疲劳。孕后期如能坚持锻炼可使腰部与盆底肌肉松弛,增加胎盘供血,有利于促进自然分娩。

(10) 游泳是准妈妈最好的运动。

(11) 不要在太热或太冷的环境下进行活动,准妈妈体温过高或过低,会伤害胎儿发育。

(12) 避免过分跳跃、弹跳或大幅度动作的运动,以免跌倒损伤胎儿。

(13) 怀孕期超过 4 个月后避免以仰卧姿势进行训练,因为胎儿的重量会影响血液循环。

(14) 运动要循序渐进,整个过程须包括运动前的热身、伸展及运动后的调息阶段。

(15) 怀孕期时的生理改变会导致韧带松弛,伸展时须小心避免过分拉扯肌肉及关节。

(16) 最舒服的运动,就是不会增加身体负担额外重量的运动。怀孕时,可以持续游泳与骑固定脚踏车,走路与低冲击力的有氧运动也是可以接受的。准妈妈可以和妇产科医师讨论,以决定何种运动对母体及胎儿最好。

(17) 孕妇运动时请注意,要避免会增加跌倒或受伤风险的运动,例如肢体碰

知识,有如人体血液一样宝贵。人缺了血液,身体就会衰弱;人缺少知识,头脑就要枯竭。
——高士其

撞或激烈的运动。准妈妈肚子即使轻微的受伤,也可能造成严重的后果。怀孕满3 个月后,最好避免仰卧姿势的运动,因为胎儿的重量会影响血液循环。同时,也最好避免长时间站立。在大热天里,选择清晨或黄昏时运动,可以避免体温过高。如果在室内运动,请确保通风透气,并且可以使用电风扇帮助散热。即使不觉得口渴,也请补充大量的水分。请务必摄取均衡的饮食,因为怀孕时即使不运动,每天也需要增加热量摄取。

(18) 运动的准妈妈如果有突然发生或严重的腹痛、阴道痛或出血,或是停止运动后子宫仍然持续收缩 30 分钟以上,请立即就医。如果运动时发生胸痛或严重呼吸困难,请立即停止运动并且就医。

准妈妈最好在运动前,先与妇产科医师讨论。准妈妈如果有健康问题,运动会对准妈妈或婴儿造成伤害。如果经医师许可,准妈妈可以先由较轻松的运动着手,不致于引起疼痛、呼吸困难或过度疲倦,然后慢慢地增加运动量。如果感觉不舒服、呼吸困难或非常疲倦,请减少运动量。如果怀孕前就有运动习惯,怀孕时保持运动会比较容易。如果以前没有运动习惯,则怀孕时要很缓慢地开始运动,不要操之过急。许多妇女发现怀孕时,需要减少运动量。

2. 所有的准妈妈都适合锻炼吗

并非所有的准妈妈都可以从事运动锻炼,如准妈妈患有高血压、心脏病、糖尿病、习惯性流产、下肢严重浮肿等患者应禁忌。孕期前 2 个月,分娩前 1 个月

都不宜从事运动。其次,即使健康准妈妈参加锻炼,也应做到运动负荷适度,运动项目适宜。

应合理选择那些轻松愉快,练习平缓,活动幅度不大,无拘无束的轻快运动项目。譬如:散步,园艺活动,打乒乓球,划船,游泳,做保健徒手操等。锻炼时,心跳每分钟不应超过 120 次。每次锻炼时间为 20~30 分钟。同时,应加强每次运动中、后的自我监护。运动时要有家人陪伴为好。以锻炼后不感到心跳难受、出冷汗、乏力、心悸等不适之感为度。一旦运动中出现任何不适症状时应迅速调整运动负荷量或暂停运动。值得提醒的是,在整个孕期不宜从事跳跃,旋转和突然转动等一些大幅度的剧烈运动,并时刻避免那些挤压腹部,强烈震动腹部的动作练习。

3. 在怀孕期如何进行锻炼

在美国大约有 42%的准妈妈锻炼,大部分妇女走步、游泳或参加其他锻炼。总之。妇女避免繁重的体力活动并随着孕期增大降低她们的锻炼水平。正常的准妈妈身体锻炼是针对平衡变化、血压增加(更易引起妇女的疲倦)、恶心呕吐、体重增加和其他不适的症状使之得到缓解。

在过去人们过分强调孕期锻炼潜在的益处和危险。营养好的健康妇女正常的身体活动是安全的,且可能有某些益处。适当锻炼的妇女很少经历正常怀孕的不适,正常锻炼能带来良好情绪。健康饮食的妇女,在建议下增加体重,避免强度太大的活动或者引起的伤害,她们不必担心锻炼会伤害她们的宝宝。有些妇女的孕期锻炼是值得关心的。不可以建议不增加体重的妇女参加锻炼,或患有子痫、胎膜过早破裂、高血压、心脏病、孕后期出血、脆弱子宫颈等疾病的妇女。准妈妈也应温和地锻炼,不能做过头。

孕期身体锻炼超过限度可能降低胎儿的成长并增加分娩的危险。锻炼水平

如果感觉到自己在生活中有了一个位置,满足的问题就解决了一半。

——伍德贝利

太高的一个主要信号是体重增加率低。准妈妈应避开筋疲力尽、活动持续时间长、活动过热和潮湿天气的锻炼或身体活动。营养好的健康妇女做适当水平的身体锻炼,对怀孕不会造成危险。

准妈妈应适中地进行锻炼,或者每周有 20~30 分钟达到 50%~60% 的最高心跳率。最高心跳率代表你最高氧气利用率。你可以从自己的年龄评估你的最高心跳率:100% 的最高心跳率评估为 220 减去一个人的年龄。(这个公式可能不适合少数准妈妈,因准妈妈比非准妈妈的心跳率高。)计算 31 岁的最高心跳率为 50%,例如,你可以:220-30=190,190×0.5=95 跳次/分钟。

评估结果是心跳每分钟 95 次,几乎等于最高心跳率为 50% 的人。要知道如果你正在这个水平上锻炼,你需要摸你的脉搏来确定你的心跳每分钟跳多少次。通常人们在 10 秒钟内数脉搏次数,然后将这次数乘以 6,就算出每分钟次数。

孕期锻炼时要注意什么?

(1) 适当而正常地锻炼,除非你的健康看护提供者有另外建议。

(2) 强调非重量承受活动和不要求平衡敏感意识。

(3) 穿宽松和轻薄衣服便于散热和湿气蒸发。

(4) 在锻炼时要喝大量的水;吃的合适。

(5) 吃健康饮食和按建议增加体重。

(6) 锻炼时最高心跳率保持在 50%~60%。

不可做的孕期锻炼有:

(1) 不要锻炼或做体力工作到精疲力尽。当你感到累时,停下休息。

(2) 当你在孕后期躺下休息时,不要锻炼。

(3) 在炎热潮湿的条件下,不要锻炼。

(4) 在可能伤害你的腹部或子宫或引起你失去平衡时,不要做活动。

(5) 当你感到饿的时候,不要禁食或锻炼。

4. 运动伴您轻松度孕期

有些妇女怀孕以后,担心劳动会引起流产或对胎儿不利,在整个孕期不上班,或经常请假休息,家务活也全都包在家人身上。其实这种想法和做法是不科学的,对准妈妈及胎儿并无帮助。

首先由于活动减少,使有的准妈妈出现食欲减退,易发生营养不良或便秘,有的则会出现营养过剩,造成准妈妈及婴儿过度肥胖,易发生难产。

其次还因整日无事可做,增加对自身不适的注意,加重妊娠反应,并易出现精神不振、乏力、头痛、情绪急躁等不良现象。

所以,适量运动才能让准妈妈轻松度过孕期。

择人而定。有流产史、心脏、肾脏有疾病的,多胞胎者,前置胎盘或出现不规则出血、宫缩等现象的准妈妈都不适合做孕期运动。如果体质一向良好,适合运动,但也要先向医师详细咨询,征得医师同意后,在保证胎儿安全的前提下,选择柔和的、适合准妈妈的运动。如果有轻微腹痛或者阴道出血的话,就不要再做运动,并应马上到医院诊查。

择时而动。并不是怀孕期间每个阶段都适合运动。怀孕的前 3 个月最好不要做运动,因为这时胚胎还没有牢固地"扎下营盘",运动可能会导致流产;怀孕 7 个月以后也不适宜做运动,这时宝宝已经长得很大了,运动有可能导致早产等意外发生。

准妈妈适宜运动的时间段是从怀孕 4 个月开始,到 7 个月止。其间基本的运动是一样的,只是幅度需逐渐减小,毕竟肚子越来越大,很多动作都越来越不方便了。散步是一项非常适合准妈妈的运动。

即使在怀孕前你是一个不爱运动的人,这时也要经常散步。散步可以帮助消化,促进血液循环。

在孕晚期,散步可以帮助胎儿下降入盆,松弛骨盆韧带,为分娩做准备。在产程中散步,可促使胎头由枕后位或枕横位旋转成枕前位,使分娩更顺利,加快产程进展。

穿一双舒服的平底鞋,和丈夫一起散步,心情尽可能愉快、放松。游泳这项锻炼也不错,特别适合原来就爱游泳的女性。由于体重能被水的浮力支撑起来,不易扭伤肌肉和关节。

可以很好地锻炼、协调全身大部分肌肉,增进你的耐力。在国外,游泳是准妈妈们普遍参加的一项运动,可持续到孕晚期。不过,最好在温水中进行,水太冷容易使肌肉发生痉挛。

另外,值得注意的是,胎膜破裂后,应停止此项运动。同时,应注意游泳池卫生,以免感染疾病。还有其他一些运动,如一般的跳舞,只要不感到吃力,都可以根据自己的情况进行。

择项而限。孕期不是剧烈运动的时候,不要拿出比赛的劲头,那样会让你心理紧张,要慢慢地来。大可不必像以往那样运动到大汗淋漓,不要让运动变成一项令你疲惫的事。有些运动要避免,如跳跃、负重运动、滑雪、骑马、滑冰等。

总之,怀孕期间保持身体

和精神健康,对准妈妈和胎儿都非常重要。适当和适宜的运动会有助于身心健康,让你的孕期过得愉快而轻松,并为顺利分娩做好准备。

5. 孕妇运动小窍门

(1) 开始锻炼时,运动量要小,逐渐增加到你认为最适合的量。

(2) 怀孕的最后 2 个月,胎儿生长迅速,运动量应适当减少,可做些放松肌肉的运动。

(3) 如果感到疼痛、抽搐或气短,应停止锻炼。恢复锻炼时,要慢慢来。

(4) 运动的时间以每天 1 次、每次半小时为宜。

(5) 坐在办公桌前或在汽车上活动脚和踝关节。

(6) 早晚刷牙时进行锻炼腹肌的运动。一边刷牙,一边弯曲两膝再伸直。

(7) 人忙碌时,你大可不必袖手旁观。可以适当做一些家务劳动,慢慢做,不必强求。

6. 不是怀胎十月都能运动

即便是适合孕期运动的准妈妈也不是怀孕期间每个阶段都适合运动。

怀孕的前 3 个月最好不要做运动,因为这时胚胎还没有牢固地"扎下营盘",运动可能会导致流产;怀孕 7 个月以后也不适宜做运动,这时宝宝已经长得很大了,运动有可能导致早产等问题。

准妈妈适宜的时间段是从怀孕 4 个月开始,到 7 个月止。从 4 个月到 7 个月,基本的运动是一样的,只是幅度逐渐减小,毕竟肚子越来越大,很多动作都越来越不方便了。

明白事理的人使自己适应世界;不明事理的人想使世界适应自己。

——萧伯纳

7. 怀孕了能继续运动吗

在怀孕时你一定听过有人说要多爬楼梯,分娩才容易。其实,爬楼梯也就是一种运动,但是与其爬楼梯,不如从事其他更有趣的活动。据研究,运动对准妈妈产生的新陈代谢变化、血液变化等等可以保护胎儿,同时更可以预防准妈妈体能的消退,避免疲劳。

运动的效果也能维持肌肉的力量,促使分娩更为顺利,另外,由于皮下脂肪较少,妊娠纹出现的机会也较少,对爱美的你来说,真可以说是一举数得。

在进行运动之前,你必须有几个重要的认知,那就是你的基本健康状况、对于所从事运动的专精程度、运动的种类、运动时的环境以及运动的时间长短等等,都要加以考虑。由于怀孕的影响,韧带变得松弛,腰椎前凸,体重也增加了,这些都会使某些运动变得困难而且危险,例如一些必须承受体重或是跳跃的活动。

事实上,不适当的运动也会造成准妈妈的血糖过低、慢性疲劳等等,而身体上的反应其实也就是在警告你,运动的量或是形式必须要调整了。

对于胎儿而言,不当运动的潜在危险包括了体温过热、缺氧、生长迟缓,以及引起子宫收缩而早产,另外,因运动而导致的压力改变也会对胎儿有影响,所以像跳伞或高空弹跳是绝对不可从事的。

在孕早期时,母体的体温过热对胎儿的影响较大,但准妈妈的生理变化,也有一套方法去调适,例如提升体表温度、降低血管阻力、40%的母体血量增加等等,都可以将热量散去,而且适当的运动会加强准妈妈的这些保护机制,进而保护胎儿。

有人追踪了52个在怀孕时有持续运动的准妈妈所生的小孩,发现他们在出生时的体重较轻,但脂肪的比例也较少,同时,在1岁后的发育及成长,都与正常的小孩无异。

> 另一项研究甚至显示持续运动准妈妈的小孩,在5岁后的智力表现及手眼协调性上都比较好。在1997年,有人曾针对42个怀孕20周以下的准妈妈进行研究,这些人都是国家级或是国际级的选手,他把他们分成中度及高度运动量的组别,结果发现这两组的胎儿,不论是产程、出生的体重,或是出生婴儿的健康指数均无差别。

至于早产的可能性则仍存在着许多争议,但是运动会引起子宫收缩增加则是无庸置疑的,在运动期间子宫收缩次数会增加4~5倍,但也有研究却显示这对胎儿并没有不良的影响,也不至于改变怀孕结果。其实,这些报告也就提示,一个健康的准妈妈是可以从事正常的运动的,但是如果有早产现象等,就要尽量避免了。

要把握的原则是,这种运动你已经很熟练了,在运动中也没有不适的感觉,而且不要因为运动而导致脱水、力尽气竭,也不要去尝试你在怀孕前没有接触过的运动。

即使你要进行较为激烈的有氧运动通常也是可以的(也就是持续性的,用到大部分的肌肉,而且是韵律性的运动,如快走、韵律舞、跑步、跳绳、游泳等等),但是有高血压、多胞胎、心脏病、产前出血、或是早产现象的人则要避免。

至于一般爬爬楼梯、做做家事,多半是属于非有氧运动,是比较没有影响的,但是有上述病情的人仍要小心。游泳等不需支撑体重的运动要比跳跃类的运动好,在高纬度从事的运动、或是跳水、滑水等都应该避免。

主义。

任何形式的瘾都是不好的,不管上瘾的是酒精、吗啡还是唯心

——荣 格

美国国家医学会的几点建议或许值得你参考：

(1) 利用心跳率来决定运动强度，一般而言以不超过每分钟 140 次为原则，并且避免在炎热和闷热的天气状况下做运动。

(2) 每一次运动的时间不应超过 15 分钟，且在运动前、运动中及运动后要尽量补充水分，以免导致体温过高的现象。

(3) 要避免跳跃性、震荡性以及瞬间改变方向的运动。最后要注意的是避免做身体仰卧的运动。相信只要你掌握了这些原则，你也可以是一个有充分活力的准妈妈，而且再也不怕分娩完后变成胖子！

8. 准妈妈锻炼动作宜缓

准妈妈进行身体锻炼，要注意运动量，以轻微的活动为宜，避免劳累。如果你的感觉不太好的话，在怀孕的早期即前 3 个月最好少运动，因为这时胚胎在子宫里还没有牢固地"扎下营盘"，运动失当可能会导致流产。

准妈妈适宜的运动时间始于怀孕第 4 个月。但要注意并非所有的准妈妈都适合做运动。

如果有心脏病，或是肾脏泌尿系统的疾病，或是曾经有过多次流产史，或者是本次妊娠 B 超检查胎盘低置等情况，则不适于做孕期运动。

总之，一定要在专业医师的指导下进行孕期运动。运动时的地点要保持安静、清洁、舒适，动作要轻柔，以不觉劳累为宜，而且要随时补充水分。运动期间，如果你发现自己的阴道流出了水样物，或是发生出血，同时小肚子也痛起来了。这些都属于流产的征兆，应立即停止运动，马上去医院让医师检查。

适当选择户外运动对准妈妈是十分有益的。尽可能到花草茂盛、绿树成荫的地方,对母体和胎儿的身心健康大有裨益。

9. 适当运动会有益分娩

　　妇女在怀孕期间坚持适当的运动有好处:可保持较好的体形,并能适应重心转移的变化,还能缩短分娩时间。准妈妈进行什么体育运动比较合适呢? 一般说来,有助于提高心、肺、肌功能的需氧运动比较适合。进行体育运动最好从散步、做广播操开始。随着体重的增加,应改换其他更轻微的运动。但不论选择什么形式的运动,准妈妈一定要注意以下几点:

　　(1) 每周至少运动 3 次. 活动量大的需氧运动,每次不要超过 20 分钟。专家建议,运动量的大小以心跳每分钟 140 次为限。

　　(2) 进行运动以前应做准备活动,以便使全身关节和肌肉放松。

　　(3) 在运动中,如果出现局部疼痛、眩晕、恶心或极度疲劳等症状,应停止运动。若产生失血或阴道分泌液增多等异常情况,要及时到医院诊治。

　　(4) 在闷热天和盛夏天要严格控制运动量。

　　(5) 进行运动时衣着要舒适,最好宽松一点。另外,还应戴乳罩和穿运动鞋。

　　(6) 在怀孕 4 个月后, 不要进行仰卧姿式的运动,因为这类运动可能影响子宫的血液循环。

10. 运动和心率

在孕期,你的心率会增快,你没有必要像孕前那样剧烈运动以达到你的目的心率.要注意不要压迫你的心血管系统.如果你的心率很快,要使它减慢,但不要完全停止运动。要继续运动,只是减轻强度.

如果你的心率低了,也不要激动,使频率加快一些,但不要过度。在几分钟以后再测一下脉搏,确保你没有运动过量。在孕期,当你运动时,要比孕前更频繁地检测心率。你会惊奇地发现,孕期的运动会使你的心率增加很快。

在运动时和运动后,胎儿的心率会有所增加,但仍处于 120~160 次/分钟的正常范围之内。这不会对你和你的宝宝造成影响。

在第一次产前检查时,就应同健康保健机构讨论你的体育锻炼问题。如果你在较晚时才决定开始锻炼,或是改变锻炼计划,在你开始前,应向医师咨询。有一些准妈妈不应在孕期进行运动。

如果在你身上发生了下列的任何症状之一,就不要在孕期进行运动,它们是:

(1) 有宫颈松弛,早产或反复发生过流产的病史。

(2) 孕早期有高血压。

(3) 多胎妊娠。

(4) 已确诊的心脏病。

(5) 先兆子痫。

(6) 阴道流血。

随着妊娠的进展和你身体发生的变化,你需要改变运动习惯。你的重心发生变化,你必须适应这个改变而改变你的运动。随着你的腹部变大,你必须适应这个改变而改变你的运动。而有些运动你必须完全停止。

> **爱心提示**
>
> ### 测量心率
>
> 当你怀孕时,你做运动时的脉率(心率)超过140次/分钟的时间不应超过15分钟。
>
> 根据下列步骤来测量你的心率:
>
> ① 盯住表的秒针;
>
> ② 将一只手的食指和中指置于颈部可以感觉到脉搏的地方;
>
> ③ 找到脉搏以后,盯住表的秒针直到它到达12的位置;
>
> ④ 开始数脉搏的跳动10秒钟;
>
> ⑤ 将所得的次数乘以6就得到你的心率。

11. 准妈妈锻炼要适当

越来越多的准妈妈改变了以往过于求静的修身养性传统做法而注意加强身体锻炼,但她们很少知道不适当的锻炼对胎儿会造成不良影响。

据英国一项回顾性研究表明,妇女在孕期过度锻炼,可使血液在体内重新分配,血液在体内重新分配,血液流向锻炼的肌肉而减少了其他器官(包括子宫)的血流。

子宫是孕育胎儿的摇篮,减少血液供应可导致胎儿缺血缺气,产生低氧血症和心率的变化,易造成胎膜早破,危害母婴健康。所以妊娠妇女锻炼时的运动量不宜太大,尤其是高危妊娠者更要慎重。

准妈妈可根据自己的年龄、身体状况,先从简单、少量的运动开始。运动过后侧卧位休息片刻,以增进胎盘血流灌注。

第4章

准妈妈

旅行策略

准妈妈在怀孕期间一般不宜作长途旅行，因为容易发生流产、早产、高血压，增加子宫或胎盘的伤害几率。

✤ 乘车或开车旅游安全措施

✤ 旅行时的化妆小窍门

✤ 准妈妈旅游必备的百宝箱

✤ 准妈妈出游安全期

✤ 准妈妈外出旅游要注意哪些事项

1. 准妈妈能旅游吗

部分妇产科医师不赞成准妈妈在怀孕 3 个月内旅游,因为这段日子容易流产。也不赞成准妈妈在 7 个月以后做长途旅行,因在 7 个月以后容易发生早产、胎盘早期剥离、高血压、静脉炎,或在旅途中不慎摔倒,增加子宫或胎盘的伤害几率。准妈妈需要乘飞机出去旅游时,在登机前 2 周,必须先向妇产科医师做咨询检查,若有以下健康问题,不可出行。

(1) 曾有过自然流产、子宫外孕、妊娠高血压综合征、早产史、子宫颈闭锁不全、难产史、胎盘早期剥落、子宫及胎盘先天异常、高血压、盆腔发炎、下肢静脉栓塞、Rh 血型阴性者或孕早期有严重的妊娠反应。

(2) 有糖尿病、心脏病、严重贫血、气喘、癫痫、静脉炎、晕动症,某些需长期服药的慢性病,以及某些严重的过敏性疾病,病情未能控制者。

(3) 怀孕所伴随的合并症,如尿蛋白、糖尿病、子痫症、高血压。

旅游途中要特别注意防止意外摔跌、腹部挫伤。若发生腹部挫伤,最主要的伤害器官就是胎盘。

据临床统计,腹部受到挫伤后,导致胎盘分离的几率大约为1%~5%;严重的腹部挫伤,胎盘早剥的几率高达 20%~50%,此时会出现剧烈腹痛以及严重出血,胎儿死亡率则高达 70%。旅游途中发生产科急症应立

即就医。

其症状包括有：

(1) 阴道出血。

(2) 阴道排出类似胎盘组织或血块。

(3) 不正常的下腹痛、绞痛甚至有子宫收缩的感觉。

(4) 阴道大量排出水样的液体(羊水膜破裂)。

(5) 剧烈头痛、视力模糊、脚踝水肿。

(6) 不明原因的腹痛除产科原因外，还应考虑是否患急性阑尾炎、急性尿道感染，或单纯的消化不良。

爱心提示

旅途小窍门

① 旅行时间安排要更充裕。在联运转乘时要给自己留出充裕的时间。

② 旅行安排宜短期、轻松，不宜时间太长、太紧张。

③ 带上一些饮料，如牛奶、果汁等。携带充足的富含营养的食品，如全麦面包、煮熟的鸡蛋、新鲜水果、蔬菜、干果片、坚果等。

④ 为了预防低血糖引起的呕吐，带一点含葡萄糖的糖果。

⑤ 带一个眼罩和耳塞，以便乘火车或飞机时能睡觉。

2. 准妈妈旅行 ABC

认为旅行会促使分娩发作或导致流产，或者引起其他妊娠并发症是毫无根据的。但你以前有过流产或早产史，就应格外注意。你要向医师了解你要去的那个地区产科医师姓名，在妊娠最后 3 周你的旅程应限制在离家 48 千米以内。

火车：如有可能要预订坐位，最好不要靠近餐车的坐位，因为那种气味可能使你恶心。饮食要清淡，减少晕车的可能。不要靠在或站在门旁，它们可能会突

金钱这种东西，只要能解决个人的生活就行，若是过多了，它会成为遏制人类才能的祸害。

——诺贝尔

然打开(即使不是准妈妈也应这样)。

汽车:乘汽车旅行是很累的,因此要限制旅程。在汽车停站时出来散散步,可增进血液循环。一定要系上安全带,扣带放低,安全带横过你的骨盆,如有肩带也要用上。只要觉得坐在方向盘后面舒服,你也可以开车,但一旦感到不方便。就必须停下来。另外,临产时不要自己开车到医院去。

乘飞机:孕 7 个月后,你最好不要乘飞机,因为机舱内压力要发生变化。如果坐在机翼前面的坐位或飞机前舱,你就不会感到飞机的移动。

飞行时,吃得要清淡,因为妊娠使你容易晕机。在登机前要排空膀胱,因为有可能推迟起飞。在系安全带时,要扣在臀部附近较低的位置。

国外旅行:在上餐吃饭时,一定要注意按医师的要求预防利斯特菌和其他经食物传染的疾病。对水有怀疑,可喝瓶装水。

同医师讨论有关免疫的问题(例如伤寒疫苗接种可能影响胎儿),即使你曾接触过或正在流行某种传染病,也必须要权衡活疫苗对胎儿不良影响的危险。除非你已直接暴露,你应拒绝作黄热病疫苗接种。可以接受霍乱疫苗免疫,因为这不会有危害,而且为了在东南亚旅行的安全,这也是必要的。

狂犬病和破伤风免疫也是必要的,特别是有可能接触的迹象。只有你准备到疟疾流行区,才可以用氯喹来预防。要是你不准备在孕期进行免疫,流行性脊髓灰质炎的免疫还是应该做的。

旅行中要注意的症状:躺下后,肚子依旧胀得厉害,下腹部疼痛,有茶褐色的分泌物或出血,流出温暖的水(破水)等,当旅行中出现这些症状时,即有流产、早产的可能,此时,要变更预定计划,保持安静。

假如能和主治医师取得联络，应该立即打电话请他指示。万一不行的话，要马上到附近的妇产医院检查。因感冒长久发烧的话，也可能导致流、早产，因为怀疑感冒的话，要尽早接受检查。

总之，不要忽视身体的变化而继续旅行，以免延误治疗，外出旅行时，不要忘了携带孕妇健康手册。同时，为了预防出血或破水，也要携带较大的卫生棉垫。假如有主治医师开的常备药或预防药也要携带。

3. 与腹中的宝宝一起旅行

> 怀孕至第 6 个月，准妈妈已大致能习惯怀孕中的生活，胎儿亦逐渐在稳定中成长。在行动上，不似初期必须有所顾忌。

到了孕晚期，由于濒临分娩时刻，大部分时间都待在家里，顶多动动身子外出一下换换环境气氛，让胎儿生活得更舒适。

胎儿一生下来，准妈妈便得每天忙碌地照顾，难得有空暇。

倒不如在这时(怀孕第 6 个月)做一下短程旅行，让生活充满闲情逸致，对胎儿而言，也不失是一个不错的胎教方法。

在旅行之前，先做好旅行计划，不要让准妈妈及胎儿太劳累，避免人多、复杂的地方，事前先排好周全的计划，不但能让准妈妈、胎儿达到寓教于乐的功能，同时亦让先生不至于太过麻烦、疲惫。

尽量选择家中附近的地方，绿草如茵，空气新鲜清晰，能达到舒散身心的功能，对准妈妈、胎儿而言，是一种无上的享受。偶尔旅行最容易使准妈妈恢复疲劳，并增进夫妻俩的情感，让夫妻俩携手为更美好的明天而努力。

利用飞机、船、车子为交通工具的旅行，对准妈妈而言，最不同于平常的活动。身体活动感少了，反而必须长时间采用一种姿势，或走更远的路途。那么，"旅行"带给准妈妈的不是欢乐而是疲惫。

在医学上,"旅行"对准妈妈而言,是一种非生理性的侵袭。何况"旅行"对每一个人的影响程度不同,很难回答什么样的旅行是安全的。"旅行"对准妈妈是否会产生不良影响,则视准妈妈状况而定。当准妈妈身体发生问题时,恐怕将带来不良的结果。还是好好地跟医师商量、讨论。

即使是可以旅行,为了绝对安全起见,要做到面面俱到不可疏忽。长时间坐在车上摇晃对准妈妈影响极大,应避免做长距离的旅行。

最好选择孕 5~7 个月,搭乘时间尽量缩短。千万不要上高速公路,一上即是4~5 个小时,那对准妈妈而言,是吃不消的。特别是团体观光旅行,更应该避免,若能自我控制行程是最理想的旅游方法。

4. 乘车或开车旅游安全措施

准妈妈出门旅游,最大的可能是坐汽车,不论是公共汽车还是私车,都要小心保护腹部,不要受到猛烈撞击。

私人汽车现在是非常实用的,这已不是因为怀孕而不能乘车的时代了。不过怀孕的人负担着两个人的生命,因此还是要特别提醒几点。

司机的注意事项:

(1) 为了尽可能避开交通堵塞,事先要做好路况调查。

(2) 不要忘记提前在有洗手间的地方停车。

(3) 确认一下车内的温度,绝对禁止吸烟。

(4) 要安全又安全地驾驶。

保证在车内的舒适:

(1) 为避免日光直射,要安装防晒窗帘或者粘贴可以缓和阳

光照射的车窗防爆膜。

(2) 为防止疲劳,要在脚下铺一块踏垫以便可以将鞋脱掉,或者准备一双拖鞋。

(3) 后背要准备一个靠垫。

(4) 准备一些喜欢的音乐磁带,以免单调无聊。

驱车兜风时的必备品:

(1) 披在外面的外衣。

(2) 零钱和电话卡(打紧急电话时用)。

(3) 健康保险卡。

(4) 印章(紧急手术时,签字用)等等。如果条件允许的话,还应准备毛巾、浴巾、塑料袋、食品冷藏盒和暖水瓶,准妈妈用卫生巾,以防破水、出血。

5. 驾车外出注意什么

如果你自我感觉很好,开车没问题。腹中胎儿会越来越大,上车和下车时你可能会有点别扭,但并不影响你开车的能力。

驾车对母子不会有什么不妥。但怀孕 37 周后,如果外出,尤其是路途较远时,驾车时应有人陪同,最好让别人开车,自己休息,这样可减轻一路颠簸的疲劳。若是乘坐汽车长途旅行,应穿宽松舒服的衣服,途中至少每两小时停车一次,下车步行几分钟,这对你的血液循环会有帮助。

如果半路进入临产状态,有人陪同可以获得有力帮助。总之,外出时找个伴儿比较稳妥。此外,由于腹部的膨大,准妈妈在孕后期驾车很不方便。

开车出去时,一定要和平时一样系好安全带。曾有机构设计了一个准妈妈撞车模拟试验。显然系着安全带,准妈妈受撞击的力量更小。还没有人可以证明使用安全带的束缚会使子宫受伤,或伤害胎儿。而一旦出了事故,系好安全带在车祸中逃生的机会要高于不系安全带。

可能你觉得不舒服是因为系的方法不正确。你应该这样系：把安全带的下部从大腿和腹部之间穿过，使它紧贴身体，调整你的坐姿使穿过你肩部的安全带不会卡你的脖子。将安全带置于乳房之间，不要从肩部滑落。

6. 旅行时的化妆小窍门

怀孕时外出，最主要的是身心愉快，而拥有美丽的容颜，更会使女性充满自信。以下是为美容设计的一些小方法，也许能为您提供帮助。

(1) 收集一些百货公司化妆品专柜赠送的试用装，旅行时就会有时间和机会试用不同的润肤霜或眼霜了，这些小瓶装备也会减少行李的重量。

(2) 用小刀削尖最喜欢颜色的口红，化妆时可以省去唇线笔。削下来的口红混合凡士林，然后放在可紧盖的塑料小盒子里，这样一来，你就同时拥有彩色护唇膏和腮红，还不怕风吹雨打太阳晒。

(3) 带一条长方形丝巾，即可以作为装饰品，保护头发防风吹，也可以当做腰带，还能包东西等等，并且不占任何行李空间。

(4) 随身携带一些卫生护垫，它可以帮你保持生理卫生，如果好几天没机会洗澡或换清洁内衣裤，护垫可以帮你暂时渡过难关。

(5) 准备一件尼龙料的服装，既轻便又防止有皱褶。

(6) 可以把一些预备紧急情况用的钱放在卫生用品里藏好放在大行李箱中，很难有人搜东西时会注意到那里。

7. 准妈妈踏春安全行

　　春天到了，准妈妈也不愿意错过踏春的浪漫感受。但毕竟你是快当妈妈的特殊保护对象，你必须注意以下几个方面：

　　(1) 有人陪同：怀孕的你最好不要一个人独自出行，而要有丈夫或朋友陪同。这样做的目的是以防不测。虽然孕中期这种状况会较平稳，但不能排除意外事件的发生。身边有人陪同，准妈妈会有安全感，发生意外也可以提供帮助。

　　(2) 选择安全的交通工具：准妈妈不宜乘坐颠簸较大、时间较长的长途公共汽车，如果可能，尽量坐火车或飞机。尽管孕吐阶段已经过去，但晕车会引起呕吐，准妈妈应携带几个塑料袋防吐。如果你是乘坐私家车做长途旅行，最好1~2个小时停车一次，下车步行几分钟，活动活动四肢，这样有助于准妈妈的血液循环。

　　(3) 时间宽松：出门在外，人们都希望尽快办完事。但准妈妈安排时间要宽松一些，保证充分的休息和睡眠。如果是旅行，要避免做长距离的旅行，因为长时间坐在车上摇晃对准妈妈影响极大。最好采用能自我控制行程的旅游方法，尽量避免跟随团队观光旅行。

　　(4) 在旅行前要做好旅行计划，不要让自己和胎儿太劳累。要避免去人多杂乱、道路不平的地方。

　　(5) 按期做检查：如果出门时正赶上做孕期检查，准妈妈应及时在当地医院检查，而不应等回来以后再补，这样做便于掌握健康情况。回到住地以后，也要到指定医院再查一次。

　　(6) 其他：注意尽量少带行李，不要穿高跟鞋，衣服宽松，吃饭时要考虑到自己的营养需求，出现异常时一定要请人帮助。

8. 孕期何时乘飞机外出比较安全

如果孕期一切正常,何时乘飞机都是较安全的。但许多航空公司不允许孕34 周以后的准妈妈登机。临产前 4~6 周最好不要乘飞机,因为在这段时间内,你随时可能进入临产状态。

乘坐颠簸、跳跃的交通工具极易引起流产。若有条件,自然选择乘坐飞机。因为飞机最为平稳、舒适、快捷。如果乘坐火车或内陆轮船,必须是卧铺或一、二、三等舱,这样比较平稳,也能保证休息。长途行路乘汽车是下策。

此外,要尽可能坐在靠近通道的座位,经常活动下肢,防止下肢浮肿,也便于上下车和去厕所,这在机(车)上,可请乘务员协助安排。

防寒保暖,讲究饮食卫生。感冒发热、腹泻脱水是引起孕期意外的另一个重要原因,因此,准妈妈在旅游途中要注意防寒保暖,根据天气变化,随时增减衣服。途中还要特别讲究饮食卫生,饭前便后要洗,不管沿途摊点的食物有多大的吸引力,都不能光顾。饮水最好自备,不要买小贩叫卖的饮料。

劳逸结合,准妈妈在旅游途中运动量不宜过大,要注意劳逸结合,保证充足的睡眠。途中行走要选择平路避免陡坡。走路要慢,步态要稳,防止滑倒跌跤。对有噪声、烟尘、辐射等污染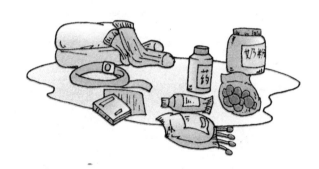严重的场所,要及时避开,以免对身体造成危害。

登山不宜高,准妈妈登山的高度不要超过海拔 1000~2000 米。因为准妈妈对缺氧十分敏感,缺氧会影响胎儿的生长发育。

9. 旅途中的细节

医师建议怀孕 36 周以上的准妈妈不要乘坐飞机。因为在医护人员及医疗设备不足的情况下，飞机上分娩很危险。因此，怀孕最后 6 个周最好不要坐飞机。

每个人的医疗保险有不同的规定，在作旅途安排前要先问清楚。有些航空公司只要有医师证明，在怀孕 4~8 周时允许乘坐飞机，但是医师如果不做担保，航空公司有权拒绝你搭机。

> 如果可以改变行程，最好在孕 4~6 月时旅行，因为这时呕吐恶心的症状已经好些，精神应该比较好，胎儿处于稳定成长的时期，而且离预产期又还有一段时间。患有高血压或糖尿病症状的准妈妈，最好暂缓旅行。

准妈妈乘飞机外出旅行时要注意以下几点：

(1) 虽然飞机上的氧气会较稀薄，但在正常情况下不会对胎儿构成影响。飞机上的空气非常干燥，你需要每小时喝一杯饮料，果汁和清水为最佳选择。避免有气饮料，肠胃中的气体会比正常时膨涨 20%，令你觉的胃胀不适。

(2) 预定走道位置或是逃生位置。这样方便去洗手间，还可以做轻微的走动，以保持血液循环流畅。也可以不时伸展双脚，减少因屈曲过久导致肿胀。每小时起来走动，可预防脚部浮肿。

(3) 可以预定适合自己口味的餐点，或自己准备一些食物，以免飞机上的食物不合胃口。

(4) 把孕期体检报告携带好，便于医师了解情况。

(5) 穿宽松的衣服、平底鞋。穿着简单衣服方便常上厕所。多带几件衣物以防气温变化。

(6) 安全带要系在腰部以下,不要系在腹部,以防伤及胎儿。最好要一个靠枕放在背后,以免背部承受太大压力而拉伤。

(7) 可以带一些清凉薄荷茶,姜茶,以防止呕吐或反胃,还要多喝水。

(8) 严禁喝酒精饮料。

(9) 计划行程,以便安排足够休息时间。

10. 准妈妈旅游必备的百宝箱

旅游前,除一般要携带的旅行物品外,准妈妈应该准备什么样的百宝箱呢?

(1) 要准备准妈妈的资料及证明等文件。如果是在国内旅游,准妈妈产前检查手册、保健卡是一定要带的东西。平时作产前检查医院、医师的联络方式也要写下来,以备需要时可以联系到自己的医师。如果是到国外旅游,事前先请医师写一封信或病历摘要,记载有关怀孕情形和产前检查的状况,必要时作为国外就诊时的参考。同时因为有些航空公司要求准妈妈提供医师信件以证明无飞行的顾虑,或证明怀孕周数作为是否允许搭机的依据,所以也要随身携带这项信件或证明。

(2) 要准备准妈妈本身的卫生用品。包括弹性袜、托腹带、护垫,以及可以清洁公用马桶盖的消毒喷剂等。

(3) 要准备一些药品。如口服的肠胃药、止泻药、外用的酒精棉片、止吐药、优碘、外伤药膏、蚊虫咬伤药膏等。若必须前往可能会被疟疾感染的地区时,奎宁也应该预备。

(4) 准备准妈妈用的维生素,每

日服用。也要带一些小罐的奶粉，可以在没有鲜奶喝的时候备用。

(5) 若万不得已必须单独旅行时，先在护照内夹附怀孕状况及紧急联络人等资料，以便于紧急时让救护人员能掌握状况。

虽然周全的准备可以降低准妈妈出游时的风险，减少不必要的伤害，但是谁都无法保证意外绝对不会发生。如果准妈妈出游发生意外时，除立即就医或送医外，家属应该如何紧急处理呢？

如果是与怀孕有关的意外，例如流产、早产、妊娠并发症等问题，应先稳定病情后，再请妇产科医师协助与当地医疗机构联系，视病情以专业为考虑，再决定留在当地或转回来治疗。

如果是与怀孕无关的意外，如发生感染疾病或受伤等状况，家属的处理方式应该也没有太大差异。此外视准妈妈出游发生意外的地点，家属可以请卫生机构或外交机关协助处理。

11. 怀孕 4~7 个月旅行好时机

怀孕4~7个月是旅行的好时机，但要充分注意！

大多数的人是没问题的，但是任何事都没有绝对，请行动的时候千万不要忘记自己正在怀孕。而且也不能说完全没有流产、早产的危险。

所以外出旅行前 4~5 天，为了放心起见，一定要向医师确认一下，有没有上述征兆。

> 安排外出旅行计划要有一些限制，那些和没有怀孕的人一样的比较劳累的日程计划还是尽量避免，要选择真正是轻松休息的方式。

海水浴也不可以，因为海水不是温泉浴那样的温水，多半比较凉，身体受凉后，子宫收缩，不能够提供适合胎儿的环境。

长时间保持一个姿势会感到疲劳，因此能在车内自由走动的火车是良好的选择。如果乘汽车，那么建议每隔 1 小时停下来下车走一走。

此外还要考虑到能够经常去洗手间。如果预先知道有可能遇到塞车的话，要准备携带式便器。另外如果可能的话逗留期为 2~3 天的旅行比较理想。

在旅游地容易发生便秘，所以要多吃蔬菜、水果、多摄取水分。

12. 妊娠 40 周搭飞机要医师同行

飞机和其他交通工具相比，可以说又稳又快，因此，准妈妈的负担也比较轻，由此可知，它比较适合妊娠中旅行使用。气压的变化并不会对准妈妈造成直接的影响，没有必要太过于神经质。

不过，飞机上的座位空间相当狭窄。即使是很短的时间，一直坐着仍然会觉得疲劳。此时，可以活动一下颈部或伸伸懒腰，通常，做一些简单的体操可减轻疲劳。倘若经济上允许的话，最好选择头等舱(商务舱)，因为头等舱的座位比经济舱舒适。

途中，如果觉得肚子胀或不舒服，要立刻告知空中小姐，假如有多余的坐位，要请空中小姐安排能躺下来的空间。

> 关于搭乘的限制，不同的航空公司有不同的规定，但是，一般妊娠 36 周以后的准妈妈，搭乘飞机旅行时，需要准备医师的诊断书与本人的申请书。而且，诊断书要在搭乘的 7 天以内做出才有效。进入 40 周以后，不仅要有诊断书、申请书，还要有医师同行。

无论任何情形，在孕晚期应该避免做长距离的旅行，即使搭飞机也一样。

13. 准妈妈出游安全期

现代女性在怀孕期也不必一定要留在家中，准妈妈安排行程前，宜先与医师商量注意事项。只要在出门及订机票前，接受特别防疫针药及其他防病措施的建议，也可以有一个快乐而安全的旅程。

12~16 周：孕中期是旅行的安全期。在怀孕 12 至 16 周期间，小产的危险性会很低，通常早上不适亦已消失。

28 周：怀孕 28 周后因肚子胀大而会较不方便。你亦需要午间小睡，脚部可能会出现水肿。

36 周：航空公司一般不会接受超过 36 周的准妈妈上机。可以的话，应尽量选择前往高医疗水准的国家。

14. 在妊娠的前 6 个月旅行

在你旅行前，要征得医师的同意。大多数医师会告诉你在妊娠时旅行没有问题，但是要看你的具体情况。在孕期旅行一般要考虑到的问题如下：

不要在你妊娠的最后 1 个月安排旅行。

如果你有一些问题，如阴道出血或子宫痉挛，就不要旅行。

如果你感觉不适或受到浮肿的困扰，旅行，长时间坐在车里，长途跋涉，可能会使事情更糟(这同样会使你的旅途不愉快)。

如果你属于高危妊娠，在妊娠时旅行是不明智的。

当你计划旅行时，要记得自己是一个准妈妈。你的计划要切合实际，自己要放松。

坐飞机不会给你带来任何问题。最好订一张紧挨通道的座位，以便于你伸展肢体或站起来走一走。

要喝充足的饮料，如水或者果汁，因为飞机里循环的空气非常干燥。请将你的飞行计划同医师讨论。如果没有医师的同意，有一些航空公司可能不准许准妈妈乘坐飞机。

15. 准妈妈的旅行要点

十月怀胎，很少有准妈妈是足不出户一直呆在家中的，甚至有的准妈妈由于工作和某些原因必须要做长途的旅行，那么减缓旅途疲劳、缓解身体压力是很重要的事情。假设您要坐飞机去另一个城市，那么您的随身行李最好是少而精的。

如果行李实在是多的话，尽量寻求机场工作人员或是随行人员的帮助；或者您可以将行李托运以减少途中的负累。

在等候飞机的时候您可以随身带一个随身听放些舒缓轻松的音乐，也可减轻您的疲劳感；或者您可以利用等候的时间抓紧休息，以补充旅途中消耗的能量。

怀孕在很多人眼中是虚弱的代名词。的确您在怀孕的时候身体比以往任何时候都需要格外的体贴和呵护。

在旅途中您更应当加倍照顾自己。利用一切可以利用的时间休息来保存并产生能量。

一天的疲劳过后，在酒店中泡一个澡，做个足部的按摩都可以帮助您迅速恢复体力，并有助于睡眠。下面的巧吃也是帮助您恢复能量的方法之一。

饥饿会伴随怀孕全程,特别是在您外出旅行的时候,由于舟车劳顿,时间上的不可掌控性使得准妈妈更容易饥饿。

另外这种情况也使准妈妈有头晕,身体乏力等症状。因此在旅行中应准备些小零食来备不时之需,如可准备些能慢慢咀嚼的食物,如薄荷糖、果仁、葡萄干、甘草柠檬,甚至酸乳酪等,闲时吃,可增加食欲,减少恶心的感觉。

此外,应该避免吃刺激性食物,如辛辣、油腻的东西,以及避闻刺鼻气味,这样对孕吐也稍有帮助。

中国民间也有一款减轻孕吐的食疗方,姜汁甘蔗露:取甘蔗榨汁 1 杯,姜 1 块。生姜去皮洗净,做成姜茸,榨出姜汁 1 茶匙,再加入甘蔗汁拌匀,用水炖约20分钟即成。

在途中可以带上一瓶这样的水,一定会感觉不错的。另外少食多餐也是克服饮食无法规律的一种可行性方法。

怀孕的时候由于子宫不断增大而压迫膀胱导致尿频的情况。准妈妈必须在旅行中充分利用休息停顿的时间来方便一下,长时间的憋尿对身体和胎儿都会有不良的影响。

很多公共场所的卫生间的设施都不是很尽如人意,因此一旦您发现设施全的卫生间一定要充分利用。如果休息停留时间长,并且卫生设施允许的情况下,您可以洗一个热水澡,可以促进血液循环,迅速恢复体力。

候机厅

长途跋涉会造成准妈妈脚踝小腿等处乏力酸胀,严重的会出现水肿等症状。如果您是开车旅行,请每90分钟停一次车,站到地上轻轻地伸展小腿和双臂以缓解疲劳。

如果您是乘飞机,假设身边的位

子是空的,可以在征求服务员同意的情况下,将腿平放在座位上,并用手按摩脚踝和小腿肌肉以缓解肢体疲劳促进血液循环。一双舒适随脚的鞋也是您在外出时必不可少的。一旦到达目的地一定要让自己先休息调整一下再安排事情。晚上要早睡以保证第二天精力充沛地活动工作。

总之不要让自己处在连续疲劳的状态。在您焦躁的时候要时刻提醒自己:放慢脚步,先休息一下再做事情!

我们都知道怀孕期间最好不要吃药,但是由于旅途疲劳身体抵抗力低下而感染细菌或病毒造成疾病的话,一定要立即到医院进行就诊,不可耽搁。如果您是要出国工作或旅游,那么很多国家入境的时候都要检查您是否注射了该国规定的某种疫苗,这时您一定要询问医师并得到医师的认可后再注射该疫苗。否则您要考虑是否要取消您的本次行程了。

外出会大大增加准妈妈感染病毒和细菌的机会,因此要随时注意个人卫生和饮食卫生,以避免不必要的麻烦。通常路途中容易得的病有呼吸道、消化系统及泌尿系统等疾病。一旦感觉身体不适,应立即到最近的医院就诊。

户外运动对准妈妈而言多少会有一定的危险性。从确定怀孕的那刻起您一定要记住到宝宝出生之前的这一段日子您的行动要比以前慢半拍。说的容易做起来可就难了。有很多准妈妈在怀孕前健步如飞,怀孕后依然如此,后来却因此而险些流产。

因此仔细思考您在旅行中参加的各种活动,适当量力而千万不要勉强自己,尤其是在身体已经相当疲劳的时候。但是也不是说准妈妈就不能做任何的运动,适当的运动会提高准妈妈的免疫力,增强体质和抗病的能力。

16. 准妈妈外出活动应注意什么

一般来说，准妈妈不宜出远门，若要外出旅行应做好充分准备，小心照料自己和腹中的胎儿。下面有十项注意事项，但有些观点不一定都正确，以供准妈妈万一外出时参考：

(1) 行前务必与医师联系，让医师了解整个行程计划，并请医师提出建议。医师也要了解你可以携带哪些药物，并给你一些旅游目的地有关医疗卫生状况的信息。

(2) 怀孕中期较适宜旅行。将旅行时间安排在怀孕的第4~6个月之间，最为安全妥当，因怀孕时期的不适和疲劳已渐消失，末期的沉重肿胀等尚未开始。另外，孕早期易于流产，末期可能早产，也是原因之一。

(3) 不到医疗落后的地区。确保在发生紧急意外时，能获得妥善的现代化的医疗服务。

(4) 不要前往传染病流行地区，以防对胎儿造成危害。

(5) 充分准备行李。除了宽松舒适的衣鞋之外，最好携带一个枕头或软垫，以便搭乘飞机或乘车时使用。

(6) 准妈妈易疲倦，行程安排不要紧凑，应有充分的休息，避免不当的压力焦虑。

(7) 长距离旅行，以搭飞机为宜。飞机最省时，又可免却长途的颠簸，是比汽

车、轮船都好的交通工具。最好要求靠过道的位置。靠过道的位置不但可让你上厕所方便,同时也可让你不时起身走动一番。准妈妈在飞机上最好每隔 15 分钟便走动几圈,可促进血液循环,防止腿部静脉曲张的发生。并且切记系上安全带。无论坐汽车或搭飞机,都要系上安全带,这样能够减轻和减少意外伤害。

(8) 拉肚子对准妈妈来说十分危险,而发烧、脱水等症状更可能导致流产,因此准妈妈在旅行时对当地食物饮水要格外小心,避免生食及非罐装饮料。

(9) 怀孕的你最好不要一个人独自出行,而要有丈夫或朋友陪同。这样做的目的是以防不测。虽然孕中期这种状况会较平稳,但不能排除意外事件的发生。身边有人陪同,准妈妈会有安全感,发生意外也可以提供帮助。

(10) 如果出门时正赶上做孕期检查,准妈妈应及时在当地医院检查,而不应等回来以后再补,这样做便于掌握健康情况。回到住地以后,也要到指定医院再查一次,并把在外地时的检查结果告诉产科医师。

17. 准妈妈出游做足安全准备

正值阳春三月,相信很多人都会出去游玩,作为准妈妈的你,可一定得留意了。对于准妈妈来说,出游时要特别注意旅途安全。

(1) 制定合理的旅行计划。不要过度疲劳,要让身体有充分的休息。所以,行程紧凑的旅行团不适合准妈妈参加;定点旅行、半自助式的旅行方式则比较适合准妈妈。此外,在出发前必须查明旅游地区的天气、交通、医疗与社会安全等状况,若认为没有把握,不去为宜。

(2) 途中要有人全程陪同。准妈妈不宜一人独自出游,与一群陌生人出游也不恰当。最好是丈夫、家人或姐妹等关心、爱护你的人在身边陪伴,不但会使旅程较为愉快,而且当你觉得累或不舒服的时候,也有人可以照顾你,或可视情况改变行程,这样才能有个安全快乐的旅游。

(3) 衣食住行要多留心。

① 衣:衣着以穿脱方便的保暖衣物为主,如帽子、外套、围巾等,以预防感

冒;若旅游地区天气已较热,帽子、防晒油、润肤乳液则不可少;平底鞋比高跟鞋方便走路;必要时托腹带与弹性袜可减轻不适;多带一些纸内裤备用。

②食:避免吃生冷、不干净或吃不惯的食物,以免造成消化不良、腹泻等身体不适。奶类、海鲜等食物因易腐坏,若不能确定是否新鲜,应不食为宜。多吃水果,可防脱水与便秘;多喝开水,准妈妈也可以在旅行中自备矿泉水或果汁,但千万不要饮用标明"用碘帮助纯化"的水,这种水喝了易造成碘储积,婴儿出生很可能有先天性甲状腺疾病。

③住:避免前往岛屿或交通不便的地区;蚊蝇多、卫生差的地区更不可前往;传染病流行的地区更应避免。

④行:坐车、搭飞机一定要系好安全带。要先了解一下离你最近的洗手间在哪里,因为准妈妈容易尿频,而且憋尿对准妈妈是没有好处的,最好能每小时起身活动10分钟。不要搭坐摩托车或快艇,登山、走路也要注意,不要太费体力,一切量力而为。

(4) 运动量不要太大或太刺激。运动量太大容易造成准妈妈体力不堪负荷,因而容易导致流产、早产及破水。太刺激或危险性大的活动也不可参与,例如:云霄飞车以及海盗船等较刺激的游乐活动、自由落体、高空弹跳等。游泳是不被禁止的,而潜水不超过18米深度也是允许的(潜水若超过18米,胎儿会有"减压病",十分危险)。那些速度快的冲浪、滑水能免则免,以免撞伤、流产。

(5) 携带必备药品。每个旅行者在身上要准备些药品,准妈妈除了遵守以上的规则以外,还要考虑药物在怀孕期间的安全性,所以出发前,请教你的产检医师是非常重要的环节。另外,准备一些对怀孕安全的抗腹泻药及维生素类药物,也是非常必要的。

18. 准妈妈外出旅游要注意哪些事项

随着交通的日益方便,旅游业的蓬勃发展,旅游方式的多元化,当今休闲旅游已经成为现代人的一项重要生活,甚至成为一种时尚。但是准妈妈也可以享

机会,就不会放弃生活。认识了生活的全部意义的人,才不会随便死去,哪怕只有一点
——
海涅

受它吗？旅游对于健康的准妈妈并不会产生伤害,旅游对准妈妈也不是一律禁忌的。只是相对于一般人来说,准妈妈旅游仍然是有一些风险,当然也有一些需要注意的事情。

准妈妈出门旅游应该注意哪些事情呢?

(1) 怀孕 18~24 周之间不太有流产的危险,是准妈妈出游比较安全的时段。准妈妈也不像早期恶心、呕吐不舒服,也没有早产的顾虑。

(2) 若是长途飞行,至少每隔 1~2 小时要站起来在飞机上走动一下。搭车时要系上安全带,因为安全带并不会增加胎儿伤害的机会,反而能保护准妈妈的安全。此外最好不要骑乘机车、脚踏车或自行长途开车。

(3) 在外饮食要注意卫生,以免造成腹泻等疾病的发生;多吃营养丰富的食品,避免刺激的食物,以及应该戒除烟酒等。

(4) 衣着以舒适宽松为宜,穿平底防滑的鞋子,以免造成意外伤害。

(5) 若旅游中发生腹痛、阴道出血等现象时,应该终止旅游立即就医。

读者服务卡

祝贺您完成一次幸福的选择，请填写本卡后回寄给我们，您将成为"幸福2+1"俱乐部的会员，能够享受到俱乐部更为细致的个性化服务。

- 您所购买图书的名称《＿＿＿＿＿＿＿＿＿＿》。
  购书时间□□□□ 年□□ 月□□ 日
  您的姓名＿＿＿＿＿＿＿＿ 性别□ 男/□ 女
  出生日期□□□□ 年□□ 月□□ 日
  详细通讯地址＿＿＿＿＿＿＿＿＿＿＿＿

  ＿＿＿＿＿＿＿＿＿＿＿＿＿＿＿。
  您的联系电话＿＿＿＿＿＿＿＿＿＿(可注明联系时间)
  您的 E-mail ＿＿＿＿＿＿＿ @ ＿＿＿＿＿＿＿。

- 您第一次知道本书是
  □ 医生介绍　□ 亲友介绍　□ 同事介绍　□ 在网上
  □ 看宣传单　□ 看报纸　　□ 在书店　　□ 其他途径

- 您获得本书是通过
  □ 新华书店　□ 其他书店　□ 邮购　　　□ 礼物
  □ 其他渠道

- 使您决定购买本书的因素是(可多选)
  □ 封面　　　□ 内容　　　□ 出版社　　□ 广告词
  □ 作者　　　□ 前言　　　□ 定价　　　□ 其他

- 您觉得本书的整体质量(请用序号填写)
  □ 封面设计　□ 内容编写　□ 版面设计　□ 印刷
  □ 装订　　　□ 使用效果
  ① 很好　　　② 好　　　　③ 一般　　　④ 需改进

- 您觉得本书的不足有(可另附页)

- 您希望我们为您提供什么样的生活类图书？(可另附页)

- 您的其他建议或意见(可另附页)

- 您希望通过互联网得到什么样的服务？(可另附页)

致函：北京市宣武区广安门南街80号13层 "幸福2+1" 丛书编委会 邮编：100054
致电：(010)83514361 83554217　　　　　　传真：(010)83519400
登陆：http://www.books114.com　　　　　E-mail:books@books114.com

由此剪开

欢迎加入......

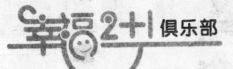

幸福2+1 俱乐部

www.books114.com

如何成为俱乐部会员

♡ **普通会员:**

购买"幸福 2+1"丛书中任意1本,并按要求回寄读者服务卡;或者登陆"幸福 2+1"网站,凭每本书专有的刮刮卡验证码注册成为Happy Family Club普通会员。

♡ **爱心会员:**

购买"幸福 2+1"丛书中任意3本(累计有效),并按要求回寄三张读者服务卡(复印无效);或者登陆"幸福 2+1"网站,凭每本书专有的刮刮卡验证码注册成为Happy Family Club爱心会员。

♡ **幸福会员:**

购买"幸福 2+1"丛书中任意10本(累计有效),并按要求回寄十张读者服务卡(复印无效);或者登陆"幸福 2+1"网站,凭每本书专有的刮刮卡验证码注册成为Happy Family Club幸福会员。

HAPPY FAMILY CLUB会员的权利:

普通会员:
1 第一时间分享我社新书、畅销书的详尽资讯。
2 邮购"幸福 2+1"丛书其他产品享受9.5折优惠。
3 在网站会员专区获得5M容量(容纳300万像素照片约几十张)的电子相册.
4 参加"幸福 2+1"俱乐部组织的其他会员活动。

爱心会员:
1 享有普通会员的一切权利。
2 邮购"幸福 2+1"丛书其他产品享受9.0折优惠。
3 免费享受Happy Family Club资深孕育专家的咨询服务。
4 在网站会员专区获得15M的电子相册、网上孕育日记。
5 参加"幸福 2+1"俱乐部每两月一次的网上好书大派送（限30名）。

幸福会员:
1 享有普通会员、爱心会员的一切权利。
2 邮购"幸福 2+1"丛书其他产品享受8.5折优惠。
3 免费享受Happy Family Club资深早教专家为您的宝宝提供的网上智力测评。
4 在网站会员专区获得50M的电子相册、网上育儿日记。
5 参加"幸福 2+1"俱乐部年度"幸福两日游"VIP真情回报
  （电脑随机抽取5名）。

（以上条款的最终解释权归"幸福2+1"俱乐部所有）

由此剪开

幸福2+1丛书目录

书　　名	定价	指导专家	书　　名	定价	指导专家
人文孕期系列			**快乐育儿系列**		
准爸爸必读	16.80	黄醒华等	新生儿家庭护理	16.80	胡亚美等
准妈妈手记	16.80	黄醒华等	婴儿家庭护理	16.80	胡亚美等
高龄准妈妈保健	16.80	黄醒华等	幼儿家庭护理	16.80	胡亚美等
上班族准妈妈保健	16.80	黄醒华等	0-1岁营养食谱	16.80	胡亚美等
做个靓丽准妈妈	16.80	黄醒华等	1-2岁营养食谱	16.80	胡亚美等
新妈妈瘦身与养颜	16.80	黄醒华等	2-3岁营养食谱	16.80	胡亚美等
绿色孕期系列			婴幼儿特殊营养食谱	16.80	胡亚美等
安胎养胎饮食	16.80	黄醒华等	0-1岁科学喂养	16.80	胡亚美等
胎儿益智饮食	16.80	黄醒华等	1-2岁科学喂养	16.80	胡亚美等
孕产期均衡营养	16.80	黄醒华等	2-3岁科学喂养	16.80	胡亚美等
十月怀胎食谱	16.80	黄醒华等	婴幼儿常见病	16.80	胡亚美等
产后饮食调养	16.80	黄醒华等	婴幼儿保健按摩	16.80	胡亚美等
经典月子菜	16.80	黄醒华等	婴幼儿成长应对方案	16.80	胡亚美等
孕产期日常护理	16.80	黄醒华等	父母最关心的100个养护问题	16.80	胡亚美等
孕产期乳房护理	16.80	黄醒华等	**智慧育儿系列**		
准妈妈健身指导	16.80	黄醒华等	0-1岁智力开发	16.80	胡亚美等
孕期症状调理	16.80	黄醒华等	1-2岁智力开发	16.80	胡亚美等
十月怀胎	16.80	黄醒华等	2-3岁智力开发	16.80	胡亚美等
轻松坐月子	16.80	黄醒华等	3-4岁智力开发	16.80	胡亚美等
知识孕期系列			婴幼儿语言训练	16.80	胡亚美等
孕前准备必读	16.80	黄醒华等	婴幼儿运动训练	16.80	胡亚美等
安胎养胎保胎	16.80	黄醒华等	婴幼儿才艺培养	16.80	胡亚美等
助孕求子指南	16.80	黄醒华等	婴幼儿关键期训练	16.80	胡亚美等
胎教必修课	16.80	黄醒华等	婴幼儿心理素质训练	16.80	胡亚美等
胎教新方案	16.80	黄醒华等	婴幼儿行为习惯培养	16.80	胡亚美等
胎教宜与忌	16.80	黄醒华等	婴幼儿益智健体游戏	16.80	胡亚美等
十月胎教	16.80	黄醒华等	父母最关心的100个教养问题	16.80	胡亚美等
做个快乐准妈妈	16.80	黄醒华等	**健康新干线系列**		
怀孕280天	16.80	黄醒华等	新婚必读	16.80	杨魁孚等
轻松分娩	16.80	黄醒华等	和谐性生活	16.80	杨魁孚等
产前产后宜与忌	16.80	黄醒华等	安全避孕实用手册	16.80	杨魁孚等
准妈妈最关心的100个问题	16.80	黄醒华等	男科病早治疗手册	16.80	杨魁孚等
			妇科病早治疗手册	16.80	杨魁孚等
www.books114.com			新编性病防治手册	16.80	杨魁孚等